«Abstand bedeutet nicht Distanz»

Für meine Freunde und meine Familie.
Ohne euer Mitfühlen und Mitdenken gäbe es dieses Buch nicht.

SARAH GÄRTNER

#STAYTHEF*CK ATHOME

EIN JAHR DREHT DURCH

© 2020 Sarah Gärtner
1. Auflage

Autorin, Illustrationen: Sarah Gärtner
Lektorat: Daniel Steinke

Verlag: tredition GmbH / Halenreie 40 - 44 / 22359 Hamburg
ISBN 978-3-347-06891-9 (Paperback)
ISBN 978-3-347-06892-6 (Hardcover)
ISBN 978-3-347-06893-3 (e-Book)

Bibliografische Information der Deutschen Nationalbibliothek:
Die Deutsche Nationalbibliothek verzeichnet diese Publikation in der Deutschen Nationalbibliografie; detaillierte bibliografische Daten sind im Internet über http://dnb.d-nb.de abrufbar.

Inhalt

WAS BEWEGT UNS IN ZEITEN VON CORONA?

Im März 2020 kommt das Leben, wie wir es kannten, unvermittelt zum Stillstand. Die Regisseurin und Autorin Sarah Gärtner ist mit ihrem Mann, dem Schauspieler Claus Theo Gärtner, in Berlin in Selbstquarantäne und führt Lockdown-Tagebuch: Betrachtungen über ferne Verwandte, Systemrelevanz, epische Putzanfälle und Delphine in Venedig.

«#STAYTHEF*CKATHOME»

INTRO

Der Countdown bis zum Lockdown

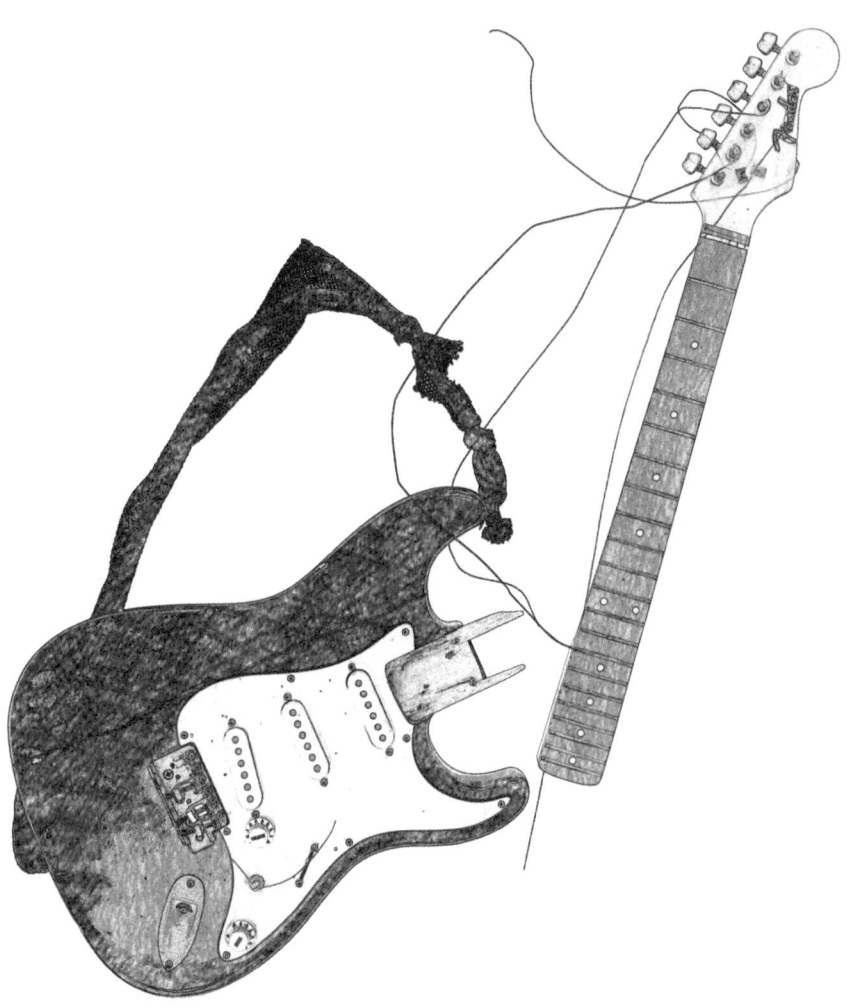

Ein mechanisches Kreischen zerreisst die Luft. «Wacht auf!», schreit eine Frau in ein Megaphon. Es ist drei Uhr nachts, ich habe das Fenster aufgelassen.

«Nicole!», schreit eine Männerstimme. «Die Bullen!»

Blaulicht. Ich stürze ans Fenster. Unten auf der Strasse stehen zwei Gestalten. Und der durchgeknallte Sänger.

«Aaaaaaaah!», kreischt er.

Freddie Mercury hat mal gesagt: Ein bombastischer Konzertabend fängt laut an, in die Mitte packen wir den Schrott, und am Ende müssen die Leute taub sein.

«Glaubt ihnen nichts!», schreit Nicole in ihr Megaphon. «Geht auf die Strasse! Widerstand!»

Noch mehr Blaulicht. Ein Streifenwagen hält am Strassenrand, ein Polizist steigt aus.

«Nicole, lauf!», schreit der Mann.

«Aaaaaaaah!», kreischt der durchgeknallte Sänger, er singt verdammt schief. Wenn das hier ein Konzert ist, dann sind wir jetzt beim Mittelteil angelangt.

«Corona ist eine Verarsche!», schreit Nicole. «Wacht auf!»

Dann rennt sie hinter dem Mann her. Der Sänger kreischt. Der Polizist steigt wieder in den Streifenwagen, das Blaulicht entfernt sich. Mein Herz rast. Der durchgeknallte Sänger bist du, 2020.

Dabei fängt mit uns alles so gut an. Du bist wie der coole Musiker, der endlich an meinen Tisch kommt, nachdem ich ein Jahr lang in dieser erfolglosen Schrammelband gespielt habe, und mich fragt, ob ich bei ihm mitmachen möchte. 2020. Doppelgold. 2020. Mein David Bowie.

«Bereit für den ersten Auftritt?», fragst du mich und zwinkerst mir hinter deiner Sonnenbrille zu, in Basel, Anfang Januar.

«Klar!», sage ich und packe meine Koffer. Das Eis ist noch dünn, aber ich habe wieder Mut gefasst für die Bühne, nach einem Jahr in gammeligen Proberäumen.

Mit Schrammelbands ist es ja oft so: Man mag die Leute, die darin mitspielen. Die geben sich ja alle Mühe, jeder für sich, das

Zusammenspiel stimmt nur noch nicht.

«Wir werden schon noch besser», denkt man sich und kann sich nicht erklären, weshalb es nicht so ist. Je verbissener geprobt wird, desto seltsamer klingen die Lieder, und am Ende landet alles im Papierkorb.

Im Dezember sass ich heulend am Rhein und war froh, als 2019 sich endlich auflöste. Und dann kamst du, 2020.

«Schau mal, was ich für dich habe», hast du hinter deiner Sonnenbrille hervorgeraunt und mir deinen Tourneeplan unter die Nase gehalten. Erster Gig: Ein aufregendes neues Filmprojekt. In Melbourne, in Australien.

Klick – macht die fahle Probenlichtlampe leise, als ihr endgültig der Saft ausgeht. Wuuuusch – macht das Bühnenlicht, als die Scheinwerfer hochgefahren werden! Das Eis ist noch dünn, aber ich bin bereit, als ich im Januar ins Flugzeug nach Melbourne steige.

«2020», denke ich, «das ist meine Band!»

Und Melbourne fügt sich so schön ins Bild, mit seinen hübschen bunten Lotterhäuschen in Fitzroy, von denen der Verputz blättert. Die Stadt ist geistreich, weltoffen, auf eine etwas nachlässige Weise gastfreundlich, die heissen soll: Wir übertreiben es hier nicht mit der Aufmerksamkeit, Honey. Please, help yourself. Übereifer ist für Provinzler.

«Darf ich dir unser Team vorstellen?», sagt Rob, der Workshopleiter.

«Hi!», sagt Chelsea, die australische Regisseurin.

«Hellöu!», sagt Andrea, die Schauspielerin aus Guadeloupe, mit französischem 'Ö'.

«Servus!», sagt Ursula, die Drehbuchautorin aus Österreich.

Die grosse Welt breitet sich lässig vor mir aus, in unserer Strasse drängt sich Imbiss an Imbiss, alle paar Meter riecht es nach einem anderen Land. Und über allem hängt ein Hauch von London, eine Note von Fish and Chips liegt in der Luft. Zu kaltem Kaffee, den alle mögen, seit er sich neuerdings 'Cold Brew' nennt, lassen wir die

Köpfe rauchen und brüten über Filmkonzepten. Ich schaue von meinen Notizen auf:

«Ich glaube, ich habe eine Idee!»

«That's absolutely lovely, Darling!», sagt Chelsea.

«Oh, Darling!», singt 2020, mein Doppelgoldkehlchen.

«Die Welt ist dein!»

«Yeah!», flüstere ich und schiebe mir probeweise die Sonnenbrille auf die Nase. Wer rechnet schon damit, dass ein kleiner Käfer[1] geflogen kommt, mit der Kraft, die ganze Band zu sprengen?

Der durchgeknallte Sänger rechnet damit. Er bringt sich erstmals in Position, und als keiner hinschaut, schnippt er hinter dem Rücken mit den Fingern. Dann schiebt er sich schnell wieder seine Bowie-Maske vor's Gesicht.

«Oh, dear!», sagt Rob, der Workshopleiter, und lässt den Putzwedel sinken. Es ist Anfang Februar, das Filmprojekt ist abgeschlossen. Wir räumen das bunte Lotterhäuschen auf, in dem wir uns einquartiert haben, im Hintergrund dudelt der Fernseher.

«Heftig, dieses neue Virus in Wuhan, schau mal!»

Ich drehe mich zum Bildschirm um, wo grosse Tiere in kleinen Käfigen zu sehen sind.

«Anscheinend hat da auf einem Wildtiermarkt jemand in eine halbgare Fledermaus gebissen und sich dabei angesteckt, und jetzt breitet sich's rasend schnell aus.»

Ich habe noch nie von Wuhan gehört, einer Stadt mit dreimal so vielen Einwohnern wie Berlin. Aber es gibt in China ja auch so viele grosse Städte. Auf meinem Rückflug von Melbourne nach Zürich drehe ich mich reflexhaft von asiatisch aussehenden Mitreisenden weg.

«Oh, wirklich?», denke ich betreten, denn es kann ja nicht angehen, dass ich so voreingenommen bin. Ich frage mich, weshalb so

---

1 *In der Schweiz umgangssprachlich ein Synonym für einen Krankheitserreger*

etwas eigentlich immer in China passiert. In anderen Ländern gibt es doch auch Wildtiermärkte.

Zuhause, in der kleinen, geordneten Schweiz, ist Wuhan sehr weit weg. Manche klopfen blöde Sprüche, in einer Bar hustet ein Mann sein Gegenüber an:
«Ist nur Corona. Stört's dich? Haha!»

Der durchgeknallte Sänger lässt es langsam angehen. Er amüsiert sich über die Spassvögel, die Sorgenkinder werden ihnen schon folgen. Alles eine Frage der Zeit. Schnipp! - macht er hinter seinem Rücken.
«Oh, Mist!», sage ich, als ich am 28. Februar morgens aufwache. Ich habe Hals- und Gliederschmerzen.
«Fieber?», fragt Claus, mein Mann, und schaut auf eine Art und Weise besorgt, die mir zu denken gibt, auch ohne Fieber. Der Mann der im Flieger hinter mir sass, hat der mir nicht ständig in den Nacken gehustet, auf dem vierundzwanzigstündigen Flug von Melbourne nach Zürich? Wie lange ist das jetzt her? Drei Wochen? Wie oft bin ich seither von Basel nach Berlin geflogen und von Berlin wieder nach Basel gefahren, und haben da nicht auch welche gehustet, an den Flughäfen und an den Bahnhöfen?
«Oh, schade!», denke ich, denn bei der Corona-Hotline, die mittlerweile eingerichtet wurde, geht niemand ans Telefon. Und ich wüsste wirklich gerne, ob ich überreagiere, wenn ich mich jetzt testen lassen will.

Drei Stunden später sitze ich in Basel in der medizinischen Poliklinik.
«Sie tragen Ihre Maske verkehrt herum», sagt ein Mann mit einem beeindruckenden roten Bart im Vorübergehen zu mir. Er sieht überhaupt nicht aus wie ein Pfleger, er erinnert mich an einen Aufnahmeleiter, mit dem ich mal gearbeitet habe, und damit passt er erstaunlich gut ins Bild: Ich fühle mich ohnehin, als hätte ich mich

aus Versehen an den Set eines Science Fiction-Films verirrt. Eines Science Fiction-Films mit sehr niedrigem Ausstattungsbudget. Auf einen Zettel, der schief an einer Türe hängt, hat jemand mit Filzer 'Isolations-Zimmer' geschrieben. Eine Frau in Schutzkleidung überreicht mir ein Papier, darauf ist, ebenfalls per Hand, die Nummer 10 notiert. Ich komme mir vor, als wäre ich Teil eines sehr seltsamen Spiels. Neben mir rutschen Mitwartende unruhig auf ihren Sitzen hin und her, alle ziehen und zupfen sehr vorsichtig an den Lamellen ihrer Atemschutzmasken herum, als könnten diese bei falscher Behandlung aus Versehen beissen, was ja wieder zum Science Fiction-Szenario passen würde.

Dann werde ich ins 'Isolations-Zimmer' gebeten. Das Mobiliar ist notdürftig mit Plastikfolie abgeklebt. Eine ältere Dame, die ich der Risikogruppe zuordnen würde, nähert sich mir mit einem alarmierend langen Wattestäbchen.

«Oh, seltsam», murmle ich verblüfft vor mich hin. Risikogruppe. Wo kommt dieses Wort auf einmal her?

«Wie bitte?», fragt die Dame.

«Nichts, nichts, alles gut!», sage ich.

Sie stochert mir mit dem Stäbchen in der Nase herum, mir schiessen die Tränen in die Augen.

«Ja, das ist unangenehm», sagt sie, mit einem niedlichen französischen Akzent, und lobt mich dann:

«Das haben Sie aber ganz toll gemacht!»

Ihre Liebenswürdigkeit in diesem bizarren Ambiente trifft mich völlig unvorbereitet. Für einen kurzen Moment befällt mich eine seltsame Zerrissenheit, eine Mischung aus Geborgenheit und Schutzlosigkeit. Hätte das Wattestäbchen nicht schon für Tränen gesorgt, dann kämen sie mir spätestens jetzt.

«Haaaaa!», kreischt der durchgeknallte Sänger. «Das ist doch erst der Anfang!» Ich kann ihn nicht hören hinter seiner Bowie-Maske.

Eine Ärztin kommt herein und entschuldigt sich für die lange Wartezeit.

«Wir sind von dem Ansturm total überrascht worden. Heute Morgen war ich hier noch alleine. Mittlerweile sind wir zu fünft, und wir kommen immer noch nicht hinterher.»

Sie versucht, einen der Oberärzte zu erreichen, mit dem sie Rücksprache darüber halten will, ob mein Abstrich überhaupt ausgewertet werden soll:

«Das würde nämlich Stunden dauern, und Sie gehören eigentlich nicht zur Risikogruppe.»

Wir plaudern, während wir warten, und ich bin schon wieder gerührt, darüber, wie freundlich hier alle sind, obwohl die Station ganz offensichtlich überlastet ist. Der Oberarzt ruft endlich zurück und legt mir ans Herz, ungetestet nachhause zu gehen.

Das tue ich und fühle mich grippig, drei Tage lang.

«Fieber?», fragt Claus alle paar Stunden und legt mir besorgt die Hand auf die Stirn. Ich messe und schüttle den Kopf. Aber der Husten ist hartnäckig, und die Kehle brennt. Ich bleibe lieber im Bett. Und während ich im stillen Kämmerlein vor mich hin schwitze, schwitzt anderswo die Schweizer Regierung, im Klammergriff wichtiger Entscheidungsfindungsprozesse.

«Oh nai[2]!», ruft ganz Basel, als öffentlich wird, dass die Fasnacht dieses Jahr abgesagt wird.

Ich wundere mich. Darüber, dass der Protest so verhalten bleibt. Darüber, dass die Schweiz ab sofort Menschenansammlungen von über tausend Personen verbietet.

«Das ist ja vollkommen übertrieben», denke ich. Manche tun sich zusammen, in Zivilkleidung, und gehen singend statt pfeifend und trommelnd durch die Gassen. Die Polizei geht nicht dazwischen, das finden viele gut. Ich auch. Rebel Rebel!

Dann bricht der März an, und bevor dem Winter die Puste ausgeht, wollen wir ihm noch ein ein kleines Abenteuer abtrotzen, mei-

2 *Baseldeutsch: Nein*

ne Freundin Melanie und ich. Während es Claus zurück an die Spree zieht, fahren wir in die Berge. Komm, Doppelgold, ab auf die Piste! Bring uns Glück, denn wir sind lange nicht mehr Ski gefahren, bring uns Sonne und Schnee und reichlich 'Kafi Schnaps[3]'! Wir wollen schwitzen und schnaufen und uns einen Muskelkater holen und uns dann mit müden Knochen an irgend einem Kneipentisch festquatschen, bis die Sonne unter- und wieder aufgeht, das können wir zwei besonders gut.

Im Sessellift lassen wir die Blicke schweifen und freuen uns darüber, wie schön es hier ist, und wie nah das Schöne ist. Doppelgold legt sich ins Zeug und überzieht die Berge mit Sonnenglanz, dass die Pisten nur so glitzern.

«Verrückt, ihr zwei! Mal eben so in den Skiurlaub!», schreibt mir Daniel, ein Freund aus Berlin.

Ich schreibe zurück:

«Bei uns sind die Berge ja gleich vor der Haustür. Man kann jederzeit einfach hin!»

«Soso, denkst du», murmelt der durchgeknallte Sänger.

Und – schnipp! - klingelt am nächsten Morgen das Telefon.

«Jetzt habe ich Fieber», klagt Claus.

«Aber ich hatte doch gar keins!», sage ich.

«Wie dem auch sei! Jedenfalls will mich mein Hausarzt zur Corona-Abklärung in die Charité schicken, und wenn ich positiv bin, wollen sie mich gleich dabehalten.»

«Das ist ja jetzt ungünstig!»

Wenn Claus in Quarantäne muss, dann muss ich in Quarantäne. Er in Berlin. Ich in Basel. Wir wären in den nächsten Wochen voneinander getrennt. Nicht sehr bedenklich, in meinem Fall. Aber er gehört zur Risikogruppe.

«Ich muss mal für ein paar Tage nach Berlin», sage ich zu Melanie. Als ich fünf Stunden später dort ankomme, telefoniert Claus

---

3 *Schweizer Après Ski-Spezialität: Kaffee mit dem Schnaps des Hauses*

schon wieder mit seinem Hausarzt. Der hat nämlich mittlerweile seine Meinung geändert.

«Vielleicht gehen Sie doch erstmal nicht in die Charité», sagt er, «da haben sich inzwischen ja Schlangen gebildet! Wenn Sie das Virus jetzt noch nicht haben, dann holen sie es sich spätestens beim Anstehen oder in den völlig überfüllten Warteräumen, hahaha!»

«Ha!», macht auch Claus, es klingt mehr wie ein Schnauben. Wir schauen uns an, mit gerunzelter Stirn, und denken beide das Gleiche: Habe ich Corona gehabt, ohne es zu wissen? Habe ich ihn angesteckt? Wir wollen uns nicht in überfüllte Warteräume quetschen müssen, um es herauszufinden.

«Bleiben Sie zuhause», sagt der Hausarzt, «und beobachten Sie erstmal die Symptome. Wenn's schlimmer wird, dann melden Sie sich wieder!»

«Hihihi», kichert der durchgeknallte Sänger, «er hat 'Bleiben Sie zuhause' gesagt!»

Am nächsten Tag ist das Fieber gesunken, dank Grippemitteln, Erkältungstee und literweise Hühnersuppe. Auch scheint es zu helfen, dass ich überhaupt da bin.

«Ich fühl' mich schon fast gesund», sagt Claus.

Und wer gesund ist, kann auch wieder ans Feiern denken. Wir planen seinen Siebenundsiebzigsten, in der Paris Bar, denn wo soll man eine Schnapszahl feiern, wenn nicht in einer Bar? Wenn nicht in dieser Bar?

Ich treffe mich mit Daniel zur Rotweinverköstigung. Nach der ersten Weinprobe fange ich an, darüber nachzudenken, ob ich auf der Feier ein Lied singen soll, nach der zweiten Probe bin ich mir einigermassen sicher, dass ich ein Lied singen werde, und nach der dritten Probe geht es eigentlich nur noch darum, das Lied zu bestimmen. Wir landen schnell bei Udo, denn was es über 66-jährige zu singen gibt, trifft auch auf 77-jährige noch zu. Ich denke an Katharina Thalbach, die das Lied im Musicalfilm 'Ich war noch niemals in

New York' so hinreissend dargeboten hat, mit ihrer Reibeisenstimme, die viel besser zu Claus passt als Udos Schmelz.

«Das ist ja die Knalleridee!», sagt Daniel. «Das musst du unbedingt so bringen!»

«Meinst du?»

«Ja, natürlich! Mach doch mal!»

«Wie, hier, jetzt? Nee!»

Zwischen Verweigerung und Gesangseinlage liegt genau noch eine weitere Weinprobe, dann besinge ich Männer, die ihren Bauch einziehen und auf 'heisser Typ' machen.

«Als ob Claus einen Bauch hätte, den er einziehen könnte», unterbricht mich Daniel. Wir dichten um auf: 'Ich zieh' mir neue Kippen'. Wir lachen viel und trinken Wein und schenken nach. Udo hätte seine Freude gehabt.

«So», sagt der durchgeknallte Sänger, «das muss jetzt mal reichen, Spass beiseite!»

Und – schnipp!

«Ich habe wieder Fieber», sagt Claus.

Ich wollte eigentlich in einigen Tagen verreisen, nach Tallinn in Estland, als Fortsetzung des Melbourne-Gigs, als weiterer Teil dieses grossen Filmprojekts, das mich in der ganzen Weltgeschichte herumgeführt hätte, das jedenfalls hatte mir Doppelgold vollmundig ins Ohr gesäuselt, hinter seiner Sonnenbrille hervor, im Januar in Basel.

Ich war noch nie im Baltikum. Auf Tallinn habe ich mich ganz besonders gefreut.

«Du fliegst natürlich! Ich bestehe darauf!»

Claus ist Schauspieler, eigentlich ein guter. Aber dieser Appell ist nicht überzeugend. Sein Gesicht ist ein einziges Fragezeichen, ein Spiegel meiner eigenen Gefühle. Was, wenn sich sein Zustand verschlechtert, während ich weg bin?

Was, wenn es doch Corona ist?

Es ist der Moment, als der durchgeknallte Sänger sich seine David Bowie-Maske vom Gesicht reisst. Zum Vorschein kommt Iggy Flop.

«Hey», sagt er, «ich habe meine Pläne geändert. Ich weiss, du hast dich auf schöne Gigs mit Doppelgold gefreut, aber weisst du was: Doppelgold ist ein langweiliger Bandname! Ich werde uns einen neuen Namen suchen, einen mit mehr Wumms! Und jetzt lass' uns den Laden mal ein bisschen aufmischen! Ich habe die Geduld mit dem Vorspann verloren, spulen wir zum Hauptfilm vor!»

Und dann dreht er an der Uhr. Bamm – bamm – bamm machen die Bühnenscheinwerfer, als einer nach dem anderen zerplatzt. Es folgen Tage wie Paukenschläge.

Bumm, 10. März: In Deutschland verdoppeln sich die Corona-Fallzahlen alle drei Tage, das berichtet das Robert-Koch-Institut.
Peng, 11. März: In Berlin werden alle staatlichen Kulturinstitutionen geschlossen, sämtliche Vorstellungen und Veranstaltungen werden bis zum Ende der Osterferien abgesagt.
Rrrumms, 12. März: Corona ist in Indien angekommen. Meine Schwester Silja schreibt aus Bombay, die Fallzahlen seien offiziell zwar noch niedrig, aber: «Die Dunkelziffer sagt etwas anderes.»
Klick-klack, 13. März: In der Schweiz werden die Schulen und die Kitas geschlossen.
Rrratsch, 14. März: Seniorinnen dürfen offiziell nicht mehr auf ihre Enkel aufpassen. In Berlin rufen das Gesundheitsamt und diverse Regierungsvertreter die Bürger dazu auf, nach Möglichkeit zuhause zu bleiben.

«Es bricht mir das Herz», schreibt Mama.

«Zum Glück haben wir die Karten für Don Giovanni in der komischen Oper noch nicht gekauft», sagt Claus.

«Bitte spenden Sie ihren Eintritt, statt ihn zurückzuverlangen. Seien Sie solidarisch!», flehen die Theaterhäuser.

«Meiden Sie Sozialkontakte», empfiehlt die Regierung.

«Auch Deutschland schliesst jetzt Schulen und Kitas», berichten die Medien.

«Ich habe Angst um mein Lokal», schreibt Melanie.

«In der Schweiz spricht noch niemand von Restaurantschliessung, im Gegenteil!», beruhigt die Familie.

Handy weglegen. Balkontüre aufreissen. Tief durchatmen. Was passiert hier? Kann ich etwas tun? Kann ich etwas abwenden? Kann ich in Basel einspringen? Auf meine Nichte aufpassen, wenn Mama nicht mehr darf? Als Schweizerin dürfte ich bestimmt noch in die Schweiz einreisen. Aber dann käme ich wahrscheinlich nicht mehr 'raus.

«Ich bin ja so gespannt, was ihr jetzt als Nächstes tut!», kichert Iggy.

Und – schnipp!

«Ihr müsst die Geburtstagsparty absagen», fürchtet die Familie.

«Wir dürfen noch bis zu fünfzig Gäste unterhalten!», vermelden die kleinen, privaten Kulturbetriebe. «Lassen Sie uns nicht hängen. Wir machen weiter!»

«Wir arbeiten hier noch ganz normal», berichtet meine Schwester Rona aus dem Krankenhaus. «Das Arbeitsklima ist ziemlich entspannt, und wir lassen uns die Laune nicht verderben!»

«Liebe Gäste», schreibt das Perron, Melanies Restaurant, unser geliebtes zweites Wohnzimmer, «wir treffen ab sofort besondere hygienische Vorkehrungen sowohl in der Küche als auch im Service, um den Betrieb auf verantwortungsvolle Weise aufrecht zu erhalten.»

«Meine Freundinnen will ich aber weiterhin treffen», protestiert Mama. «Man kann ja Abstand halten.»

Handy weglegen. Rausgehen. Spazieren. Tief durchatmen. Bis Mitte April, da hat sich das doch alles beruhigt, oder nicht? Man muss sich wehren. Man muss jetzt kämpfen. So schlimm ist das doch alles nicht. Ist doch nur so eine Art Grippe, sagt dieser berühmte Lungenfacharzt.

«Bleiben Sie zuhause», mahnt die Bundesregierung, es klingt jetzt nicht mehr wie eine Empfehlung.
«Social Distancing», dichten die Medien.
«Hashtag Stayathome», schreibt Twitter.
«Ich lebe einfach weiter wie bisher!», gibt Mama sich kämpferisch.
«Tragt Sorge zu euch, Mam und Paps!», mahnt die Familie.
«Keine unnötigen Risiken!»
«Das Pflegepersonal ist völlig überfordert, wir schlafen auf dem Boden, wir haben nicht genug Schutzbekleidung und Beatmungsgeräte», stöhnt Norditalien.
«Staythefuckathome!», schreit Twitter.
«Sei froh, dass du nicht gekommen bist», schreibt mir Rob aus Tallinn. «Der Workshop wurde gestrichen, einen Tag, bevor es losgegangen wäre. Und ich sitze jetzt hier fest.»
Ich komme mir vor, als würde ich ungebremst auf eine Massenkarambolage auffahren. Man kann gar nicht hinschauen. Man kann gar nicht nicht hinschauen.

Sonntag, 15. März: Deutschland gibt bekannt, dass am Montagmorgen ab 8:00 die Grenze zur Schweiz dichtgemacht wird.

«Ein toller Bandname», sagt Iggy. «Staythefuckathome! Der ist gekauft!»

Handy weglegen. Hinsetzen. Tief durchatmen.
Was mache ich denn jetzt?
«Du meine Güte», sagt unten vor dem Balkon ein älterer Herr zu einem anderen, «jetzt hätte ich Ihnen beinahe die Hand gegeben!»
«Verrückt, nicht?», sagt der andere. «Ich dachte ja immer, ich hätte schon alles gesehen! Aber dass wir uns auf unsere alten Tage

darüber Gedanken machen müssen, ob wir uns die Hand geben dürfen, das hätte ich im Leben nicht gedacht!»

Meine Finger fliegen über die Tasten und halten die kleine Begegnung fest, bevor ich darüber nachdenke. Das mache ich jetzt also. Songtexte für einen durchgeknallten Sänger schreiben.

«Schau nicht so», sagt Iggy Flop. «Das wird lustig! Und ich werde dir so viel Material liefern, damit kannst du jeden Tag einen neuen Song schreiben. Ist doch auch mal was!»

Nun denn. Hier kommt 'Staythefuckathome', Songs aus einer neuen Zeit.

«TOILETTENPAPIER»

SONG No. 1

(Montag, 16. März 2020)

Es ist eine seltsame neue Zeit. Eine gute Zeit für Lieder. Draussen ein Frühlingserwachen wie im Bilderbuch, das lieblichste, mildeste Wetter, obwohl diese nassklamme graue Nebelglocke, die wochenlang über Berlin hing und die sich erst vor wenigen Tagen verabschiedet hat, viel besser zur jetzigen Stimmung passen würde. Die Strassen müssten wie leergefegt sein, in ein diesiges Dämmerlicht getaucht, nur hier und da vereinzelte Gestalten unterwegs, mit hochgeklappten Mantelkrägen und gesenkten Köpfen wie in einem Edward Hopper-Gemälde. Statt dessen stehen draussen Menschentrauben, die ihre Gesichter instinktiv den wärmenden Frühlingssonnenstrahlen entgegenrecken und noch überhaupt nicht begreifen, wie ihnen geschieht.

«Wie ist es bei euch?», frage ich in die Runde. Wir haben angefangen, uns innerhalb der Familie Videobotschaften zu schicken, um uns gegenseitig zu erzählen, wie es uns ergeht in dieser seltsamen neuen Zeit. Paps, braungebrannt, vor stahlblauem Himmel, berichtet im Tonfall eines Forschungsreisenden:

«Mir geht's so weit eigentlich gut. Ich wollte heute mal ein paar Grundnahrungsmittel einkaufen gehen, ein bisschen Mehl und so. Aber die Regale waren leer. Total bekloppt.»

«Mein erstes kleines Experiment», verkündet Iggy Flop. «Wie schnell werden aus Menschen Hamster?»

Ich winke ab. In RTL 2-Land vielleicht. Diese ganzen Bilder von Leuten, die Regale leerräumen, das ist doch medialer Alarmismus. Aufgebauschte Irritationshäppchen für Instagram. So etwas passiert vielleicht in Amerika, aber doch nicht hier im beschaulichen Berlin-Wilmersdorf! Ich gehe bei Alnatura einkaufen, weil ich denke: Wer umsichtig mit der Natur umgeht, geht auch umsichtig um mit seinen Mitmenschen. Ich irre mich. Die Früchte- und Gemüseecke ist gut bestückt, anders sieht es bei den Hülsenfrüchten aus. Dort streiten sich zwei elegant gekleidete ältere Damen um das letzte Päckchen Linsen. Eine Verkäuferin geht sehr entnervt und sehr resolut dazwischen. Sie hat rote Flecken im Gesicht und sieht aus, als würde sie seit Stunden nichts anderes tun, als Streithähne voneinander zu trennen.

«Was fällt Ihnen eigentlich ein?», faucht sie die beiden an. «Hier muss niemand verhungern! Die Regale werden jeden Tag neu gefüllt! Reissen Sie sich gefälligst zusammen!»

Ich wollte ebenfalls nach Linsen sehen und gehe schnell weiter, bevor ich noch den Eindruck erwecke, ich wollte mich einreihen...

«....in die Liga der neuen Hamster», kichert Iggy. «Hab ich's nicht gesagt?»

Draussen vor dem Laden kann ich mich nicht entscheiden: War das jetzt lustig? Oder muss mich das beunruhigen?

«Hier passieren seltsame Dinge», schreibe ich in den Familienchat. «Was soll ich davon halten? Ist das zum Lachen oder zum Fürchten?»

Mama kommentiert meine Beobachtungen mit einem Foto eines Aldi-Aushangs: «Liebe Kunden», steht da auf dem Zettel, «aufgrund der aktuellen Situation bitten wir um Verständnis, dass wir von einzelnen Artikeln nur 2 Stück pro Einkauf abgeben. 2x Mehl, 2x Zucker, 2x H-Milch, 2x Haushaltsrollen, 2x Toilettenpapier.»

«Oh, Toilettenpapier!», ruft Iggy. «Pass auf! Das nächste grosse Ding!»

Ich sehe. Sie sind überall. Menschen, die ganze Einkaufswagen mit Toilettenpapier vor sich herschieben. Die sich die Kofferräume ihrer SUVs damit vollpacken. Ich sehe. Aber ich verstehe nicht.

«Warum ausgerechnet Toilettenpapier?», frage ich in die Runde. «Kann mir das jemand erklären?» «Negativ», kommt die Antwort aus Bombay. In Indien haben sie viele Probleme, auch Corona-bedingte. Toilettenpapier gehört nicht dazu.

Diese seltsame Dissonanz, dieses ständige gefühlsmässige Oszillieren zwischen Belustigung und Unbehagen, es macht mich ganz nervös. Ich packe die Einkäufe weg und verlasse sofort wieder das Haus. Dieser Himmel! Diese Sonne! Und dann - dieses Orangenbäumchen! Es steht vor einem Blumenladen auf einem Tisch und leuchtet mich an, schwer beladen mit Früchten in kräftigen, satten Farben. Sie schreien «Schön!» und «Frühling!» und «Leben!», ich bin sofort verliebt. Ich schleppe das Bäumchen nachhause und stelle es auf den Balkon. Wie das staubt!

«Jetzt bloss nicht husten», kichert Iggy, «sonst rufen die Nachbarn den Krankenwagen!»

Klappe, denke ich, und suche nach dem Besen. Was für ein Dreck überall! Unglaublich, was sich alles ansammelt, wenn man einen Balkon an einer belebten Strasse in Berlin ein halbes Jahr nicht benutzt.
Ich will, dass es hier schön ist. Ich will, dass es hier sofort schön ist! Ich will saubere Stühle und einen glänzenden Boden und Pflanzen und einen Teppich, und die Regale müssen runtergewaschen werden, und das Laub muss zusammengefegt werden und diese uralten Outdoor-Kissen, die zerbröseln mir ja zwischen den Fingern, wenn ich sie nur anfasse, und - mein Gott! - sind die Kippen in den Blumenkästen eklig, die müssen sofort weg, und der Boden ist immer noch nicht sauber, ich muss den Wassereimer noch einmal vollmachen und…

…mein Handy bimmelt.

Ich halte inne, verschwitzt und verdreckt und irre zufrieden nach diesem monumentalen Putzanfall und sehe, dass meine Tante Ruth mir eine Sprachnachricht hinterlassen hat.
«Stell dir vor, die Elektroabteilungen der Geschäfte sind per Verordnung geschlossen!», sagt sie. «Und mein Staubsauger ist kaputt. Wo soll ich denn jetzt einen neuen herbekommen? Staubsauger sind

doch auch etwas, das man zum Leben braucht. Gerade jetzt, wo so viele Viren rumfliegen! Und du, wie geht es dir?» Ich antworte, ebenfalls per Sprachnachricht:

«Mir geht's eigentlich nicht schlecht. Ich konzentriere mich auf das, was um mich herum ist. Das ist vielleicht ein positiver Aspekt. Ich stelle fest: Ich bin jetzt mal hier und nicht in Gedanken schon wieder im nächsten Flieger.»

Abends, Claus und ich sitzen auf dem klinisch sauberen Balkon und wollen uns gerade ein Bier aufmachen, da winkt uns vom Gehsteig herauf ein befreundetes Paar zu.

«Kommt ihr auch runter zu Rosario? Ihr braucht keine Angst zu haben, wir sind die einzigen Gäste! Und Rosario braucht jetzt jede Unterstützung, die er kriegen kann!»

Darüber haben wir uns auch schon die Köpfe zerbrochen: Was ist denn jetzt mit den Restaurants, mit den Gastronomen? Wie lange werden sie sich über Wasser halten können? Wenn ich in der letzten Zeit bei Rosario durch's Fenster geschaut habe, bot sich mir ein merkwürdiges Bild: Die Stühle mit Absperrband umwickelt, nur jeder zweite Tisch gedeckt. Maximal zwanzig Personen dürften sich zum jetzigen Zeitpunkt im Lokal aufhalten. In Wirklichkeit kommt seit Tagen kein Mensch.

«Komm!», beschliessen wir. «Gehen wir runter. Wir können ja Abstand halten!»

Aber dann umarmt mich die Freundin, kaum bin ich zu ihr an den Tisch getreten:

«Ich will doch meine Liebsten weiterhin in den Arm nehmen können!»

Ihr Partner blafft sie an:

«Das ist jetzt wirklich das Bescheuertste, was du im Moment tun kannst!»

Betretenes Schweigen. Wir setzen uns hin. Fünf Minuten später liegt die Hand des Freundes auf Claus' Arm, eine reflexhafte, vertraute Geste im Gespräch. Kein Körperkontakt, das ist so viel schwieriger als wir dachten. Wir scherzen noch ein bisschen, aber unter der sorgfältig antrainierten Schicht aus abgebrühtem Grossstadthumor wächst die Unsicherheit. Ich sehe die Ringe unter Rosarios Augen. Ich sehe das verwaiste Lokal. Ein Kellner steht einsam an der Bar und starrt mit sorgenvoll umwölkter Stirn in die Nacht. Das ist sie wieder, Hoppers Handschrift.

Später, wir sind schon fast im Bett, schickt uns Rosario ein Video. Eine Stadt in Italien. Menschen, die auf ihre Balkone treten und singen. Ganze Strassenzüge schmettern Arien gegen die Quarantäne. «Forza Italia!», schreibt Rosario. Ach, denke ich, Italianità, dieses Lebensgefühl habe ich fast vergessen. Das hat schon eine Kraft!

«Jetzt ist es doch noch ein schöner Song geworden», sagt Iggy Flop und zwinkert mir ironisch zu.
Du kannst dich lustig machen, soviel du willst, denke ich, aber dieses Quäntchen Italianità, das bewahre ich mir! Für jetzt, und für die kommende Zeit.

«SYSTEMRELEVANZ!»

SONG No. 2

(Dienstag, 17. März)

D as Wort der Stunde: Systemrelevanz! Ein Songtitel mit Ausrufezeichen! «Aufgrund der nationalen Notlage der Schweiz sind wir per sofort gezwungen, unseren Betrieb bis am 19. April einzustellen.»

Nur drei Tage nach der Ankündigung des Perrons, gerne weitermachen zu wollen, hat die aktuelle Lage das Restaurant und sämtliche anderen Gastrobetriebe in der Schweiz in die Knie gezwungen.

«Tut uns leid, auch wir essen gerne auswärts und trinken den guten Franzosen und klönen bei euch am Tresen bis spät in die Nacht», sagt die Politik. «Aber jetzt geht's um: Systemrelevanz!

«Den wirtschaftlichen Schaden bei Betriebsausfall können wir nicht abfedern!», klagen zahlreiche Kleinbetriebe im Netz. «Der Staat muss Geld in die Finger nehmen, sonst bricht uns die Krise das Genick!»

«Tut uns leid, auch wir kaufen lieber beim Buchhändler um die Ecke ein statt bei Amazon», sagt die Politik. «Wir denken lokal und saisonal, und dich und deinen Blumenladen unterstützen wir doch schon seit Jahren, liebe Priska! Aber jetzt geht's um: Systemrelevanz!»

«Wir danken den Menschen, die in systemrelevanten Berufen arbeiten», schreiben die Medien. «Wir lächeln für euch. Wir klatschen für euch»!»

Systemrelevant, das sind jene Menschen, die weiterhin arbeiten gehen müssen, ob sie wollen oder nicht, und die dabei am schlechtesten bezahlt werden.

«Wir wollen nicht beklatscht werden», stellen die Systemrelevanten auf Facebook und auf Twitter klar. «Ihr müsst uns kein Lächeln schenken und auch keine Merci-Schokolade. Wir wollen faire Löhne! Gerade jetzt: Legt doch ruhig mal 'ne Schippe drauf! Und nach der Krise, da sprechen wir uns!»

«Ihr sollt euch im Supermarkt an der Kasse gefälligst acht Stunden am Tag anhusten lassen», keift die Twitterblase, «aber wehe, ihr geht mit euren Kindern einmal um den Block, weil euch zuhause das Dach auf den Kopf fällt. Dafür haben wir überhaupt kein Verständnis!»

Die Künstler klagen:

«Vergesst uns nicht! Unterschreibt unsere Online-Petition, bitte jetzt, hier geht's lang!»

«Versucht's doch mal mit anständiger Arbeit!», maulen die Trolle. «Ihr könnt ja Spargel stechen gehen, jetzt, wo die billigen Erntehelfer nicht mehr einreisen dürfen.»

Ist Schreiben unanständig? Systemrelevanz.

«Du bist nicht systemrelevant!» sagt Iggy Flop, mit geheucheltem Bedauern im Blick. Ich...

...will nicht darüber nachdenken. Ich lenke mich ab. Delphine, im Hafen von Venedig schwimmen Delphine, und in den Kanälen ist das Wasser wieder kristallklar! Die Natur, die Verzeihende, streckt ihre Fühler wieder aus!

Wie, die Delphine sind gar nicht in Venedig, sondern in Cagliari aufgetaucht? Weil sie dort eigentlich ständig herumschwimmen? Egal, kennt ihr schon mein aktuelles Lieblingsmeme? Ein Mann in Strassenkleidung steht in seinem Bad. Er starrt auf sein Handy und hält sich an der Duschstange fest. Der Kommentar dazu: «Experten raten dazu, auch im Homeoffice tägliche Rituale beizubehalten!» Sagt, ist das nicht zum Schreien?

«Ich würde auch lieber Busfahrten unter der Dusche nachstellen», schreibt Rona, «als die echten ÖV zu benutzen. Aber ich bin ja systemrelevant.»

«Dann bleib halt zuhause», sagt Iggy und schnippt, schon fast gelangweilt, mit den Fingern. «Et voilà: Erkältungssymptome und Fieber!»

In Kombination mit der Arbeit in einem Krankenhaus könnte man jetzt schon so langsam auf die Idee kommen, etwas kürzer zu treten.

«Ich warte auf das Testergebnis», schreibt Rona. «Jetzt sitze ich mit Luna-Lynn zuhause und versuche, ihr zu erklären, dass man im Moment nirgendwo hingehen kann, weil alles geschlossen ist. Ihre Antwort: Aber Mami, mit dem Schlüssel kann man doch aufmachen!»

Ach, wenn wir doch diesen Schlüssel hätten, mit dem man alles wieder aufmachen kann! Draussen tobt der Frühling, der Himmel strahlend blau, die Vögel zwitschern. Absurd, wie sich das Leben gleichzeitig entfaltet und zum Erliegen kommt. Ich schleppe Claus an die frische Luft, wir gehen über den Ku'Damm, machen Halt an einem Blumengeschäft. Tulpenzwiebeln, Buschwindröschen, Hyazinthen - her damit! Nicht, dass ich wirklich wüsste, womit ich es zu tun habe, ich habe in meinem ganzen Leben noch nie Blumen gepflanzt, aber Hauptsache, mit den Armen bis zu den Ellbogen in der Erde versinken und nicht nachdenken müssen. Der Bepflanzungsaktion schiesse ich gleich noch eine Onlinebestellung hinterher, für Gemüsesamen und für einen Outdoor-Teppich.

Und jetzt? Systemrelevanz. Ich bin nicht... Iggy grinst. Ich...

...klinke mich in den Live-Stream des klassischen Pianisten Igor Levit, der täglich um die gleiche Zeit eine Auswahl seiner Lieblingssonaten spielt. Kunst von Wohnzimmer zu Wohnzimmer. Er spielt so zärtlich und kraftvoll, den Menschen so zugewandt. Ich könnte ihm stundenlang zuhören, trotz schlechter Tonqualität. Als das Konzert vorbei ist, haben rund 31713 weitere Zugeneigte den Stream verfolgt. Ist das nun systemrelevant?
Iggy legt den Kopf schief:
«Was hat das denn jetzt damit zu tun...»
«Zu tun, genau, ich hab' zu tun!», unterbreche ich ihn. Und zwar in der Küche. Kochen ist relevant, zumindest für's eigene System. Schmecken und riechen. Altes Brot mit Rosmarin im Ofen anrösten. Die Scheiben zerrupfen, Essig über das noch warme Brot träufeln,

mir von den tropfenden Brocken etwas in den Mund stecken. Mhm, ist das relevant! Eine rote Zwiebel dazuschneiden. Eine Zimtstange in den blubbernden Tomatensud rühren. Warten, bis sie sich vollgesogen hat und ihren Duft freigibt. Kurz auf den Balkon gehen, die Nase ins Orangenbäumchen stecken. Und da einfach bleiben, mit der Nase in den Orangen. Bis die unheimliche Bedrohung da draussen weitergezogen ist – und mit ihr diese Frechheit einer Wortschöpfung: Systemrelevanz.

«AUSGANGSSPERRE!»

SONG No. 3

(Mittwoch, 18. März)

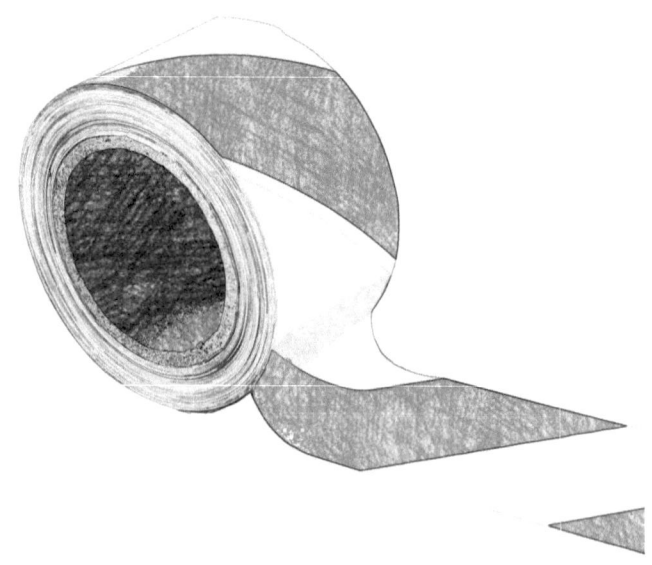

D as neue Wort der Stunde: Ausgangssperre! Noch ein Song-titel mit Ausrufezeichen! Man könnte sich daran gewöh-nen. Ausgangssperre, darüber wird in Berlin mittlerweile ziemlich laut nachgedacht. Man munkelt, die Kanzlerin werde heute Abend in ihrer Fernsehansprache an die Nation verkünden, was das Robert-Koch-Institut hinter verschlossenen Türen offenbar schon länger empfiehlt.

Ausgangssperre! Was für eine fundamentale Einschränkung menschlicher Grundrechte! Wer hätte das vor einigen Tagen für möglich gehalten? Aber seit der durchgeknallte Sänger an der Uhr gedreht hat, wird heute eingerissen, was gestern undenkbar schien.

«10, 9, 8...», wispert er.

Und die Bürger? Was sagen die Bürger dazu?

Ich sage: Heute Morgen auf dem Wochenmarkt am Fehrbelliner Platz, da haben ältere Menschen im Dutzend die Köpfe über den Gemüsekisten zusammengesteckt, als hätten die ganzen Appelle, Abstand zu halten, nie stattgefunden, als sei 'Social Distancing' ir-gend ein lustiger Zeitvertrieb für paranoide Aluhutträger.

Ich sage: Heute Morgen im Volkspark Wilmersdorf, da sind die Spielplätze aus allen Nähten geplatzt.

Ein Wortwechsel zwischen zwei aufgebrachten Frauen:

«Sie müssen doch verstehen, dass die Leute 'raus wollen bei dem Wetter», sagt die eine.

«Das versteh ich ja auch, und es muss doch gar niemand zuhause bleiben», sagt die andere, «es ist Platz genug da für alle! Aber schauen Sie sich die Spielplätze an, das ist doch total verrückt!»

Ich weiss, wovon sie redet. Heute Morgen, auf dem Spielplatz im Volkspark Wilmersdorf, da tummelten sich die Kleinen alle auf ei-nem Haufen, da wurden Klettergerüststangen abgeleckt und sich ge-genseitig ins Gesicht gefasst, während die Erwachsenen auf ihren Handys herumgedaddelt haben.

«7, 6, 5, 4...», flüstert Iggy.

Ich sage: Heute Morgen auf der Wiese zwischen Uhlandstrasse und Bundesallee, da stapelte sich der Müll. Das sah aus wie die Überreste einer ziemlich grossen Party.

«Ich glaube», schreibt Paps im Familienchat, «ich setze mich gleich noch auf's Motorrad!»

«Du könntest hier ein Kaffeepäuschen einlegen», schreibt Mama.

«Eben eigentlich nicht», antwortet Paps. «Sämtliche Kontakte, die nicht zwingend nötig sind, müsste man doch jetzt vermeiden. Sonst haben wir in wenigen Tagen auch hier die Ausgangssperre.»

«Oh Mann», schreibt meine Schwester Lena, «mir macht das langsam Angst!»

Mich macht das langsam wütend. Dass Paps sich nicht einmal mehr traut, bei Mama Käffchen zu trinken, dass er sich von Lena Desinfektionsmittel vor die Türe stellen lässt, während andere Menschen in Grossgruppen feiern, sich vor Eisdielen in die Schlange stellen, Kopf an Kopf.

«Corona-Parties? Ausgangssperre!», tobt Twitter.

«Recht haben sie», denke ich.

«3, 2, 1...», wispert Iggy.

Ich kann nicht glauben, dass ich das gerade gedacht habe.

Am Abend tritt Angela Merkel ans Mikrophon. Ausgangssperre? Doch noch nicht! Ernst ist die Lage aber dennoch, «äusserst ernst», beteuert Frau Merkel. Eindringlich im Ton, und gleichzeitig mitfühlend, fast behutsam. Ich bin sehr froh über diese Frau Merkel, die sich und anderen nichts mehr beweisen muss, die keinen Wahlkampf mehr machen muss, die keine grossen Töne spucken und sich keinen populistischen Strömungen unterwerfen muss. Die sich einfach auf das Wesentliche konzentrieren kann:

«Wir sind eine Demokratie. Wir leben nicht von Zwang, sondern von geteiltem Wissen und Mitwirkung.»

Ich fühle mich getröstet und bin gleichzeitig seltsam traurig.

«Touchdown verschoben», sagt Iggy Flop. «Aber du weisst ja: Geschichte wird immer wieder in den gleichen Stein gemeisselt!»

Nachts kann ich nicht schlafen. Claus, dem es auch so geht, setzt sich neben mich auf die Bettkante und sagt im liebevoll-abgeklärten Ton eines weisen alten Mannes:

«Weisst du, ich hatte so ein wunderbares Leben. Mir ist alles Schöne widerfahren, das man sich nur wünschen kann. Wenn es mich jetzt erwischt, dann wäre das doch gar nicht so schlimm.»

«Oh Gott, bitte nicht», denke ich.

«Bitte nicht jetzt!», sage ich.

Und dann, aus welchem Grund auch immer, geht mir plötzlich ein Song von Element of Crime im Kopf herum. Endlich mal eine andere Stimme als die des durchgeknallten Sängers! Sven Regener besingt einen schmalen Streifen Sonne und ein kleines bisschen Mut.

«Ein kleines bisschen Mut!», sage ich laut.

Claus nickt, legt den Arm um mich und sagt nichts mehr. Alles ist so zerbrechlich. Wenigstens dürfen wir uns noch in den Arm nehmen. Viele haben dafür im Moment nicht einmal den passenden Menschen an ihrer Seite. In meinem Kopf fragt sich Sven Regener, wer denn schon wisse, was er tut.

Ja, wer weiss das schon. Gerade jetzt, in Zeiten wie diesen. Es ist so still da draussen, in meinem sonst so lautstarken Berlin. Die meisten Fenster sind dunkel. Hinter diesen Fenstern liegen jetzt Menschen in ihren Betten, vielleicht schlafen sie, vielleicht auch nicht. Ich hoffe, dass sie sich geliebt fühlen. Vielleicht im Moment nur aus der Ferne. Aber geliebt.

«KÄSEBROT»

SONG No. 4

(Donnerstag, 19. März)

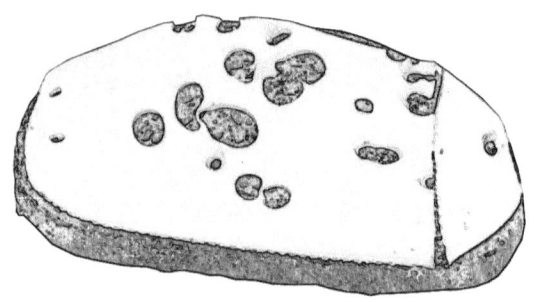

Mein Gemüt ist heute angeraut. Es hat überall blaue Flecken und müsste mit Samthandschuhen angefasst werden, nicht mit der Kneifzange. Hinter jedem «Hallo» lauert eine Falltüre, denn hat der Verkäufer, der mich eben begrüsst hat, «Hallo» gesagt oder «Hallo!» oder «Hallo!?», wollte er mit Nachdruck freundlich sein, um mir zu zeigen: «Wir lassen uns doch hier nicht die Stimmung verderben!»

Oder habe ich etwas falsch gemacht, war ich zu langsam, habe ich den Abstand nicht eingehalten? Kommunikation ist gerade sehr, sehr schwierig.

Noch schwieriger ist nur Musik. Musik, für mich schon im Normalzustand ein Verstärker, ein Pendant zu Butter an Speisen, Empfindungsschmalz, sozusagen. Und jetzt, im Ausnahmezustand, wirkt alles bereits in Mikrodosen. Ein Körnchen Salz zu viel, und die Suppe ist verdorben, jede Chiliflocke bewegt sich im Millionen-Scovillebereich.

«Aber so soll es doch sein!», ruft Iggy Flop. «Musik muss einen Nerv treffen! Die soll man nicht so nebenbei weghören können!»

Es gibt einen gewaltigen Unterschied zwischen einem getroffenen Nerv und einem durchlöcherten Nervenkostüm. Aber was habe ich erwartet? Diese Band trifft keinen verdammten Ton mehr, seit sie sich von 'Doppelgold' in 'Staythefuckathome' umbenannt hat.

Ich kann so nicht arbeiten! Also gehe ich laufen. Um dann festzustellen: Ich kann so auch nicht laufen. Denn zum Laufen muss ich Musik hören. Ein Teufelskreis.

Es fängt schon mit dem ersten Lied an. Ich höre eine Playliste, die mir Spotify nach einem ganz bestimmten Algorithmus zusammengestellt hat. Dieser erkennt angeblich, welche Musik mir gefällt. Es gelingt ihm mal besser, mal schlechter.

Das Intro beginnt harmlos, ein funky Bassriff, ein entspannter Reggae-Beat, ideal zum Einlaufen. Dann setzt Gesang ein, eine etwas schiefe Frauenstimme besingt die Träumer und die Aufbruchsgeister, die sich von Fehlschlägen nicht unterkriegen lassen und statt dessen das Gute benennen.

«Aha», denke ich, «ein Mutmach-Song. Das passt ja gerade, kann man machen!»

Aber dann wird's ein bisschen moralisch und ausserdem rhythmisch holperig: Jene Herrschaften, die glauben, die Zukunft auswendig zu kennen, verlangt die Frau, sollen doch bitte ihre als Ratschläge getarnten Ängste für sich behalten.

Das springt mir doch sehr auf diesen 'Wir dissen alte weisse Männer'-Zug auf. Aber es kommt noch schlimmer: Die Frau behauptet nun, sie schulde dem Leben das Leuchten in ihren Augen und fragt ein bisschen anklagend, wann ich denn mal strahle.

Ich frage mich, ob mein Algorithmus Sinn für Sarkasmus oder einfach nur keinen Sinn für Timing hat. Mein angerautes Gemüt hat jedenfalls weder für das eine noch für das andere Verständnis. Ich springe vor zum nächsten Lied.

Lied Nummer 2 kenne ich, 'Blackbird' von den Beatles.

«Ach», denke ich, «den Song mag ich, der hat so etwas Tröstendes!»

Ich laufe weiter und summe innerlich mit, von schwarzen Vögeln, die sich im Dunkel der Nacht nach Freiheit sehnen.

Ich sehe nichts mehr und renne beinahe gegen einen Laternenpfahl. Soviel zum tröstenden Aspekt. Ich kann nicht gleichzeitig laufen und heulen. Nächster Song.

Lied Nummer 3: 'Clair de lune', Debussy.

Moment. Klavier. Nein!

«Wie?», mault Iggy. «Nicht mal Klavier? Du bist aber empfindlich!» Nein, kein Klavier, und auch keine Geigen und kein Cello und überhaupt möglichst nichts, was die Oberfläche weiter anraut. Also eigentlich gar keine Klassik. Verstanden?!

Und jetzt bitte etwas Unverfängliches! Etwas, wozu man einfach mal ein bisschen laufen kann!

Lied Nummer 4: 'Haus am See', Peter Fox. Endlich! Launiger Beat, gutes Tempo, ich verfalle in einen beschwingten Trab. Ich bin zwar nicht hier geboren, denke ich, als der Liedtext einsetzt, aber ich laufe auch durch die Strassen. Über mir ebenfalls tiefes Blau, ich laufe einfach geradeaus, mit geöffneten Augen. Peter Fox besingt Orangenbäume, die den Weg zu seinem Haus säumen.

Er hat auch Orangenbäume! Fistbump, Bruder im Geiste! Schade nur, dass nun alle bei ihm vorbeikommen und er nie 'rauszugehen braucht, denn:

«Niemand kommt vorbei!», gluckst Iggy. «Du darfst nicht rausgehen! Ausser zum Laufen. Klappt ja hervorragend!»

Lied Nummer 5: 'Ce matin-là', Air. Sehr gut, da ist kein Text dabei. Was kann schon schiefgehen?

«Und: Einsatz Geigen!», ruft Iggy. «Wie wär's jetzt mal mit ein bisschen Wumms?»

Lied Nummer 6: Natürlich irgendwas mit Heavy Metal. Geh weg! Ich muss mich jetzt nicht auch noch anschreien lassen! Ich versuche, Iggy zur Seite zu stossen, aber er läuft sofort wieder neben mir.

Lied Nummer 7: 'Don't stop me now', Queen.

«Hahaha, köstlich! Ich liebe dich, Freddie!» Iggy quietscht vor Vergnügen.

Lied Nummer 8: 'You'll never walk alone', Gerry & The Pacemakers.

Ich geb's auf! Dann lauf' ich eben ohne Musik. Ich stopfe die Kopfhörer in die Tasche meiner Trainingsjacke und trabe noch ein paar hundert Meter weiter, aber meinem eigenen Atem zuzuhören, der überhaupt nicht im Takt ist mit meiner Schrittfrequenz, finde ich wahnsinnig ermüdend.

Ausserdem: Irgendwas piept hier doch, wo kommt denn das her? Ich bleibe stehen und lausche so lange angestrengt in alle Richtungen, bis mir einfällt, dass die Musik in meiner Tasche ja noch läuft. Ich setze mich auf ein Bänkchen und stöpsle die Kopfhörer wieder ein. Mal sehen, welcher Seelenzerfetzer jetzt gerade läuft.

Helge Schneider läuft. Er besingt die Attraktivität von Käsebroten.

Jemand wiehert. Iggy? Nein, das bin ich selbst! Die ersten Spaziergänger machen einen Bogen um mein Bänkchen. Helge findet es sehr schmeichelhaft, wie das Käsebrot da neben dem Kakao liegt.

Es gibt eine Szene in einem uralten Disneyfilm, da bekommt eine Eule einen epischen Lachanfall. Sie kreischt und fiepst in allen Stimmlagen, japst nach Luft und rutscht dabei langsam auf den Boden. Sehr lustig zum Anschauen. Sehr unelegant. Mir passiert gerade etwas sehr Ähnliches, nur mit mehr Publikum.

Auch Iggy lacht sich scheckig, ihn sieht nur ausser mir keiner. Mit schmerzenden Seiten schleppe ich mich nachhause.

Ich höre nie, wirklich nie, Helge Schneider und frage mich, ob mein Algorithmus doch intelligenter ist als ich dachte und ob er Humor hat oder einfach einen sehr seltsamen Geschmack.

«War's anstrengend?», fragt Claus, als ich zurück in die Wohnung komme. «Du bist ganz rot im Gesicht.»

«Ja, schon», murmle ich und eile an ihm vorbei ins Bad.

«Hast du Hunger?», ruft er mir hinterher. «Soll ich dir ein Brot schmieren?»

Ich platze zum zweiten Mal. Wahrscheinlich werde ich nie wieder unbelastet Käsebrot essen können.

«DER ZWIEBELFISCH»

SONG No. 5

(Freitag, 20. März)

D er Zwiebelfisch ist abgebrannt. Der Zwiebelfisch, Absturz-schuppen, Auffangbecken für alte 68er, Treffpunkt für Hobbyphilosophen. Der Zwiebelfisch, Grundbestandteil der legendären Westberliner Künstlerszene der 70er und 80er. Der Zwiebelfisch, wo Claus sich zu Schaubühnenzeiten das angestaute Vorstellungs-Adrenalin aus dem System spülte, Nacht für Nacht. Der Zwiebelfisch, sagenumwobener oller Schuppen, Nährboden für kleine und grosse Legenden, bis heute. Oder genauer, bis gestern.

«Aaaaah!», kreischt Iggy Flop, er ist in seinem Element.

Etwas Schönes, ich will an etwas Schönes denken! Eine Nacht fällt mir ein, vor fast zwanzig Jahren, eine Nacht im Zwiebelfisch mit Wolfgang Caesar Maria Schäfer. Wolf war, wie der Name vermuten lässt, ein kapriziöser Mensch. Ein Mensch, der Konzerte auf dem Wohnzimmertisch dirigierte, der teure Ringe verschenkte, wenn ihm jemand sympathisch war, direkt ab Finger, der mit seinem Charme alle umgarnte und der am Ende des Tages immer bekam, wonach ihm der Sinn stand. In jener Nacht stand ihm der Sinn nach Zwiebelsuppe.

«Ich hätte gerne eine Zwiebelsuppe», sagte er zur Bedienung, «und dieses schwarze Pferd!»

Am Nebentisch sass ein Gast, der vor sich ein schwarzes Spiel-zeugpferd aus Plastik stehen hatte.

«Würden Sie Herrn Schäfer dieses Pferd verkaufen?», fragte die Bedienung den Gast. Dieser nickte und nannte einen Preis. Wolf schnaubte und zog die Mundwinkel nach unten. Es begannen harte Verhandlungen. Die Zwiebelsuppe kam und wurde kalt. Eine Eini-gung war nicht in Sicht. Schliesslich stand Wolf auf:

«Wir gehen!»

Und verliess mit wehenden Rockschössen den Zwiebelfisch, was wörtlich zu verstehen ist, denn er trug gerne abenteuerliche Gehrö-cke. Es dauerte keine Minute, da holte uns die Bedienung ein. In der einen Hand das Plastikpferd, in der anderen die Zwiebelsuppe, aufgewärmt. Wolfgang Caesar Maria Schäfer bekam auch im Zwiebel-fisch, wonach ihm der Sinn stand.

Ein andermal, wir waren in einer grösseren Runde unterwegs, stellte sich ein Mann zu uns an den Tisch. Das ist nicht ungewöhnlich im Zwiebelfisch, wo die Tische immer voll sind. Man stellt sich ir-gendwo dazu und schaut, ob man etwas Geistreiches zum Gespräch beitragen kann. Wenn nicht, dann tut's in den meisten Fällen auch einfach die nächste Runde.

Als der Mann an unseren Tisch trat, unterhielten wir uns gerade über das perfekte Bierbild. Das perfekte Bierbild hängt ganz hinten im Lokal vor dem Durchgang zum Klo und zeigt ein Bierglas in ei-ner Wüste. Es schwebt in der Luft, unter der sengenden Sonne, das Glas von der Kälte der Flüssigkeit beschlagen, ein einzelner Trop-fen läuft langsam daran herunter.

«Das tut er jedenfalls in meiner Vorstellung, der läuft da prak-tisch in Zeitlupe an dem Glas 'runter», sagte einer. «Und dieser Tropfen schafft es immer, dass ich Bierdurst bekomme!»

«Ja, nicht wahr, es ist der Tropfen und gar nicht der Wanderer, der sich da halb verdurstet nach dem Bier streckt.»

«Stimmt, der Wanderer ist gar nicht so wichtig, und die Wüste auch nicht. Der Tropfen ist es. Das ist schon echt geschickt ge-macht!»

«Boah, der macht mich wahnsinnig, dieser Tropfen!»

«Jetzt haben Sie's tatsächlich geschafft, dass ich mir ein Bier be-stellt habe», sagte der Mann, der an unseren Tisch getreten war. Typ Oberstudienrat, grauhaarig, mit Nickelbrille. «Dabei mag ich Bier nicht mal besonders!»

Wir mussten alle sehr lachen und hiessen ihn in unserer Runde willkommen. Alle, bis auf Claus. Claus war grob und unhöflich zu dem Mann. Erst dachte ich, die beiden würden sich kennen und hät-ten eine Rechnung offen. Aber dann erzählte der Mann aus heiterem Himmel, seine Frau habe ihn betrogen, mit einem «Affen aus Afri-ka», das sagte er wörtlich so, und setzte zu einer Tirade gegen

Ausländer an. Claus schnitt ihm sofort das Wort ab.

«Du rassistisches Arschloch», sagte er, nicht einmal laut, aber das Gespräch am Tisch verstummte sofort.

«Du gehst jetzt besser!»

Der Mann wurde ganz rot im Gesicht. Er nahm sein Glas und verzog sich ohne ein Wort der Erwiderung an den Tresen. Dort starrte er mit verkniffenem Mund in sein Bier, das ihm nun offenbar doch nicht mehr schmeckte, und fuchtelte, als die Besitzerin auftauchte, wütend in unsere Richtung. Claudia schaute kurz zu Claus herüber, nur so aus dem Augenwinkel, und liess den Mann dann kopfschüttelnd stehen.

«Ich hatte von Anfang an so ein Gefühl für den», sagte Claus. Das hat mich noch tagelang beschäftigt. Dass man einen Sensor für Rassismus haben kann. Dass ich ihn nicht hatte.

Solche und ähnliche Geschichten trugen sich zu im Zwiebelfisch. Der jetzt abgebrannt ist. Ausgerechnet der Zwiebelfisch. Der schon zugemacht hat, als man noch gar nicht musste. Aus Rücksicht auf die Risikogruppe. Corona allein hat wohl nicht gereicht.

«Aaaaah!», kreischt Iggy Flop.

Jetzt halt doch mal die Luft an! Merkst du denn nicht, dass allen schon längst die Trommelfelle geplatzt sind?!

Ich möchte traurig sein und kann nicht. Wie betäubt erledige ich meine Einkäufe bei Alnatura, wo sie an der Kasse in der Zwischenzeit Abstandslinien auf den Boden geklebt haben. Die Kunden warten brav in ihren Zonen und umschiffen einander, wenn sie doch aus der Schlange ausscheren müssen, mit grosser Vorsicht. Menschen, die sich zu nahe kommen, bleiben ruckartig stehen und wechseln die Richtung, als sässen sie in unsichtbaren Autoscootern.

Am Nachmittag wird unser Outdoor-Teppich geliefert. Wir rollen ihn aus.

«Eine Zierde», denke ich. «Das ist die passende Beschreibung für diesen Teppich.»
Ich mache ein Bild davon und verschicke es an Freunde.
«Der Zwiebelfisch ist abgebrannt», schreibe ich dazu. «Wenigstens gedeiht unsere Frischluftzelle.»
«Das tut mir unfassbar leid», antwortet Melanie. «Aber nehmt doch bitte den teuren Teppich vom Balkon!»

Ich weiss nicht, warum es ausgerechnet diese Nachricht ist, die bei mir die Schleusen öffnet. Im Zwiebelfisch gab es keine Teppiche, und eine Zierde war er erst recht nicht. Aber jetzt bin ich richtig traurig. Und ich habe das überwältigende Bedürfnis, mit meiner Grossmutter zu sprechen. Dabei kennt sie den Zwiebelfisch nicht einmal.

«Nein, wie schön, dass du anrufst!», zwitschert sie in ihrer unnachahmlichen energisch-fröhlichen Grossmutti-Stimmlage, und ich bin froh, dass Claus gleichzeitig von seinem Freund Paul angerufen wird, so kann ich mich räumlich verschieben und dabei ungestört ein bisschen ins Telefon weinen, bevor ich selbst etwas sagen muss. Vielleicht merkt sie mir doch etwas an, denn sie erzählt mir unaufgefordert von dem unglaublich freundlichen Handwerker, der ihr heute trotz Corona das kaputte Fensterbrett repariert hat:
«Er kam einfach, als ich kurz spazieren war, und meinte, ich könne ja beim nächsten Mal zahlen.»
Ich habe immer diese Angst, dass wir uns vielleicht nicht wiedersehen, denke ich, aber das ist es nicht, was ich sagen wollte. Ich habe angerufen, um etwas Positives zu erzählen, um uns beide ein bisschen aufzuheitern. Claus kommt mit dem Handy am Ohr hinter mir her, und ich höre, wie er zu Paul sagt:
«Ein Glück, dass du wenigstens noch deine zehn Kilo Reis bekommen hast!»
«Na dann», murmle ich, «dann ist ja alles gut.»
«Was hast du gesagt?», fragt Grossmutti.

Dieser Aufruf, meinen Teppich zu schützen, er geht mir nicht aus dem Kopf. Ich möchte alles Mögliche schützen. Meinen Teppich. Den Zwiebelfisch. Meine Grossmutter.

«Gut», sage ich. «Ich habe gesagt, alles wird gut!»

«SEHNSUCHTSORT WURZENALP»

SONG No. 6

(Samstag, 21. März)

Heute besinge ich meinen neuen Sehnsuchtsort: Die Wurzenalp. Auf der Wurzenalp scheint tagsüber die Sonne und nachts funkeln die Sterne. Im Sommer blühen die Wiesen, im Winter knirscht der Schnee. Man muss ziemlich hart arbeiten auf der Wurzenalp, es geht steil den Berg hinauf und wieder hinab, aber abends, da ist es in der Hütte heimelig, und über dem Feuer köchelt immer ein schöner Eintopf.

Dass es die Wurzenalp gibt, daran ist eigentlich der Bund schuld. Denn der Bund, so berichten die Medien, startet das grösste Rettungspaket in der Schweizer Geschichte: Selbstständig Erwerbende bekommen ein Taggeld von bis zu 196 Franken. Bei Quarantäne ist die Bezugsdauer auf zehn, bei Schulschliessungen auf dreissig Tage befristet.

«Das ist ja mal ein guter Anfang», kommentiere ich den Beschluss. «Aber was, wenn sich das Ganze über Monate hinzieht?»

«Tja», will Iggy Flop zynisch grinsend das Wort an sich reissen, aber ich schmeisse ihm die Bandraumtüre vor der Nase zu. Heute nicht!

«Dann lasse ich mich vom Gesundheitswesen anstellen», beantwortet Melanie meine Frage. Iggys kurzer Auftritt hat doch schon auf mich abgefärbt, ich kann mir eine böse Bemerkung nicht verkneifen:

«Aber erst, wenn die systemrelevante Löhne zahlen!»

«Uff», schreibt Melanie, «ich wär' ja eine Ungelernte. Hauptsache Lohn. Oder auf die Alp!»

«Auf die Alp komm' ich mit!», antworte ich wie aus der Pistole geschossen.

Auf die Wurzenalp. Die noch nicht so heisst. Aber die Hütte, die zeichnet sich schon ab am Horizont.

«Claus nehmen wir mit», schreibt Melanie. «Der sitzt an der Hütte, kocht Eintopf und gibt den Öhi.»

«Ja», spinne ich den Gedanken weiter, «der sitzt am Topf, rührt ab und zu um und brummt. Und streicht dem Hund über den Kopf.»

Wir kümmern uns um den Rest.»
Was für eine zauberhafte Vorstellung! Mein Herz blüht! Was für ein schöner Start in den Tag!
«Und abends rauchen wir gemeinsam Selbstgedrehte und trinken Selbstgebranntes. Und um 21:00 Uhr gehen wir ins Bett.»

Ein verwitterter Dachverschlag, die Decke niedrig. Die Betten aus grobem, dunklem Holz gezimmert, schauen auf ein kleines, quadratisches, etwas verzogenes Fenster. Dieses steht weit offen und gibt den Blick frei auf eine Weide, dahinter, im Dämmerlicht, die gezackten Berggipfel, auf dem höchsten liegt noch ein Klecks Schnee. Die Bettdecken sind frisch bezogen, blauweiss-kariert, und duften nach Heu.

«Siehst du's auch so plastisch vor dir?», will ich wissen.
«Total!», schreibt Melanie. «Und wir topfit von der Bergrauf- und Runterrennerei. Und Claus topfit wegen der guten Luft und des gesunden Essens. Und immer diese mystischen Sonnenauf- und untergänge.»
«Und immer diese klaren Sternennächte.»
«Und manchmal, da lesen wir uns Geschichten vor. Und hören immer die Glocken unserer Schützlingsviecher.»
Himmel, ich heul' gleich!
«A propos topfit», schreibe ich und reisse mich für einen Moment aus unserem kleinen Alpenidyll los, «Claus raucht seit einer Woche tatsächlich nur noch Selbstgedrehte. Höchstens vier am Tag. Kein Vergleich zu vorher.»
«Oh, krass», antwortet Melanie. «Und wie geht's ihm?»
«Gut! Man merkt ihm weder physisch noch psychisch irgend eine Veränderung an.»
«Der Kerl ist aus Stahl! Der kann alles schaffen!»
«Eine Wurze ist der!»

Und da ist es, dieses Wort, das es eigentlich nur im Plural gibt und eigentlich nur in Bayern, und das etwas völlig anderes beschreibt als das, wovon wir gerade sprechen. Wir sprechen von wetterge-gerbten, feierfreudigen, knorrigen, ledrigen, liebenswerten Quer-köpfen, die nichts vom Antlitz dieser Erde fegen kann, die äusser-lich und innerlich gestählt sind bis in die letzte Muskel- und Ner-venfaser.

«Wir mögen Wurzen!»

«Jaaaa! Wir wollen Wurzen sein!»

Unser neues Lieblingswort in der garstigen Zeit.

Ich bin noch nicht gestählt bis in die letzte Muskelfaser. Ich käme noch sehr ins Schwitzen, wollte ich zur Wurzenalp hinaufsteigen. Deshalb versuche ich es noch einmal mit Laufen, diesmal ohne Musik. Draussen ist es frostig kalt, trotzdem schiessen die Pflanzen-triebe mit einer Vehemenz aus den Zweigen der Büsche und Bäu-me, als wäre das Frühlingserwachen diesmal ein besonders drän-gendes Anliegen der Natur. Die Maiglöckchen platzen sogar aus den Ritzen zwischen den Pflastersteinen auf dem Gehsteig. Es ist fast obszön.

Im Park treffe ich auf eine schwankende Masse, einen Ausweich-reigen an Menschen, die versuchen, sich aneinander vorbeizuschie-ben. Es sieht aus, als würde jemand eine Kette aus umkippenden Dominosteinen mal vor-, mal zurückspulen. Zum ersten Mal be-komme ich Angst. Ich drehe um. Eine ältere Frau kommt mir entge-gen und lächelt mich unsicher an. Bevor ich meine Mimik wieder im Griff habe, bin ich schon an ihr vorbeigezogen. Ich muss sie an-geschaut haben, als wäre sie die Pest in Person. Ich habe den Drang, ihr hinterherzulaufen und mich bei ihr zu entschuldigen, aber da geht schon Iggy, lachend und feixend. Er setzt ihr hinter ihrem Rücken Eselsohren auf, dann dreht er sich zu mir um und zwinkert mir zu.

Es ist so weit. Ich empfinde Menschen als 'Masse', als potentielle Bedrohung, als etwas, vor dem man sich in Acht nehmen muss.

Claus verlässt das Haus so gut wie gar nicht mehr. Wir fürchten uns. Ich will das nicht. Ich will so nicht sein.

Als ich nachhause komme, riecht es nach Pfannkuchenteig. Ich habe äusserst selten Lust auf Süsses, aber ich will diese Galle aus meinem System bekommen. Claus reicht mir meinen Teller und schaut mir ein bisschen erstaunt dabei zu, wie ich schichtenweise Zimt und Zucker auf meinen Pfannkuchen häufe. Danach koche ich heisse Schokolade, dickflüssig und dunkelbraun, wir trinken sie auf dem Balkon, obwohl die Sonne schon wieder hinter den Häusern verschwindet. Es ist eisig.

Ich bleibe so lange draussen sitzen, bis ich meine Hände fast nicht mehr spüre, und träume mich auf die Wurzenalp. Ich stelle mir vor, wie es wäre, nach der Arbeit, irgendwo draussen auf dem verschneiten Feld, völlig verfroren zurück in die Hütte zu kommen. Am Feuer Öhi Claus, er rührt in seinem Topf ein Fondue an, der ganze Raum riecht nach Käse und Kräuterschnaps. Menschen stossen dazu, Wanderer und Spaziergängerinnen aus allen Himmelsrichtungen. Wir essen und trinken, ein ausgefallenes, vergnügtes Menschenknäuel, und spielen Karten, bis der Schweiss von den Wänden läuft.

Danach schlafen wir wie die Steine und schnarchen, dass die Balken zittern.

Ich würde gerne auf die Wurzenalp auswandern. Und dann eine Woche lang jeden Abend Karten spielen, den eigenen Käse fressen und Schnaps trinken. Mit ganz vielen Freunden und ganz vielen Fremden. Ganz ohne Angst. Ganz bald.

«TAP – TAP! PENG – PENG!»

SONG No. 7

(Sonntag, 22. März)

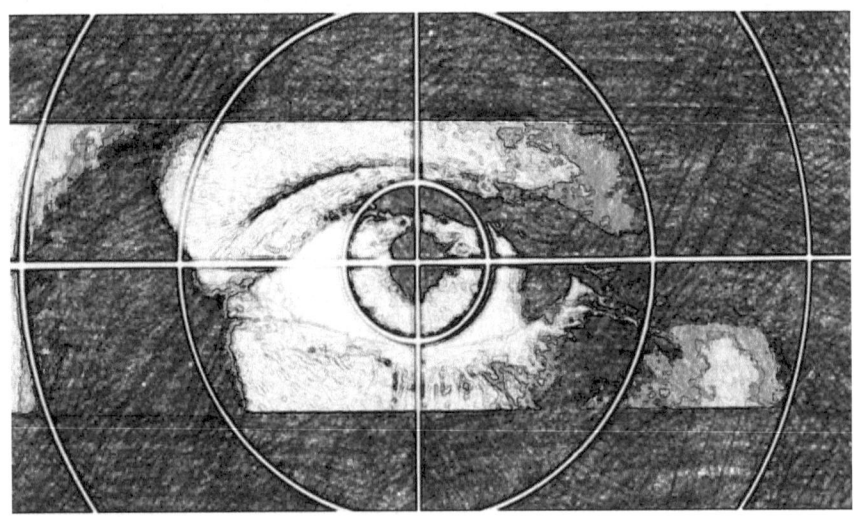

Heute hat mich ein perfides Pendel im Griff. Absehbar. Nicht absehbar. Endlichkeit. Unendlichkeit. Das Pendel schwingt, unermüdlich, hin und her und hin und her. Iggy Flop schaut mir amüsiert dabei zu, wie ich mich von einer Richtung in die andere drehe:

Wann werden wir wieder arbeiten können? Nicht absehbar.
Wo gehen wir heute Abend hin? Tja, absehbar.

Hin und her und hin und her, ich finde das sehr ermüdend.
«Ich finde das sehr interessant!», sagt Iggy. Tap – tap, klopft sein Schuh im Rhythmus des Pendels auf den Boden. Tap – tap. Er setzt mir heute besonders zu, nachdem es mir gestern gelungen ist, ihn von der Wurzenalp fernzuhalten.

Was bin ich froh, mein Handy bimmelt! Videobotschaft von Mama. Im Hintergrund eine Fotografie von Enkeltöchterchen Luna-Lynn. Ein Arrangement, das Bände spricht: Nicht absehbar!
«Hallo ihr Lieben, ich wünsche euch trotz allem einen schönen Sonntag. Ihr fehlt mir sehr, ich hoffe doch, dass wir uns bald wieder richtig sehen und nicht nur durch diese Scheibe. Macht es gut, ich hab euch lieb.»
Heimweh nach Mama. Absehbar.
Mama umarmen. Nicht absehbar.

Tap – tap.

Zur Ablenkung durchforste ich Twitter und stosse auf Traueranzeigen.
«Gestern Beerdigung meiner Tante. Ohne Schwägerinnen und Schwager, ohne Nichten und Neffen. Ohne Chor, in dem sie sang, über 40 Jahre lang. Ohne ihren Frauenkreis, in dem sie so engagiert war. So viele ältere Menschen werden um ihren Abschied betrogen.»
Corona schlägt eine Einsamkeitsschneise: Leider absehbar.

«Das tut mir so Leid», schreibe ich unter den Tweet, dann muss ich an die frische Luft. Draussen ist es still wie im Wald. Kein Verkehr, minutenlang. Die Vögel zwitschern. Der Himmel blau, ein Blau, das in den Augen schmerzt. Im Blumenkasten blühen die ersten Buschwindröschen. Vor einigen Tagen wusste ich nicht einmal, wie Buschwindröschen überhaupt aussehen. Ich würde so gerne jemanden in den Arm nehmen! Mama, Papa, meine Schwestern. Leider nicht absehbar.

Endlichkeit.
Unendlichkeit.

Tap – tap.

Endlichkeit: Im Wohnzimmer sitzt Claus am Arbeitstisch und schreibt in krakeliger Handschrift seinen letzten Willen nieder. Er hat damit schon gestern begonnen, muss aber, wie er sagt, noch ziemlich viel üben, bis man irgend etwas davon lesen kann. Er sieht so klein aus, wie er da sitzt an diesem grossen Tisch, gebeugt, verletzlich, wie ein schutzbedürftiges Tier. Ich sage ihm, dass er mit seiner Handschrift keinen Blumenpott gewinnen muss. Ich sage das so salopp wie möglich, in meiner tiefsten Stimmlage, weil die beiläufig klingt und unaufgeregt, und nicht zitterig und flatterig, wie ich mich eigentlich fühle, weil mir weh tut, was er da tut.

Endlichkeit: Natürlich ein Thema, in all den Jahren, mit all den Jahren, die nun einmal zwischen uns liegen. Uns ist das nicht neu, doch bis jetzt war es so:
«Wir könnten mal langsam ein Testament...»
«Falls ich mal sterbe, dann wünsch ich mir...»
«Aber lass uns jetzt erstmal essen geh'n!»
«Im Kino läuft ein toller Film.»
«Wir machen dann morgen weiter!»
«Ich hab ja noch ein paar Jährchen.»
Gefühlte Unendlichkeit.

Doch wenn einer sein Testament niederschreibt, und dann auch noch per Hand; einer, der auf Kriegsfuss steht mit seiner Handschrift und mich für jede Mikronotiz herbeizitiert, die er aufschreiben muss, dann kann ich nicht fröhlich pfeifen und denken: «Er hat ja noch ein paar Jährchen».

Tap – tap.

Natürlich fällt einer nicht morgen tot um, nur weil er sein Testament niederschreibt. Mein Grossvati, Ingenieur durch und durch, hat seinen letzten Willen verfasst, Dekaden bevor er von uns ging, inklusive Schritt-für-Schritt-Leitfaden für die Beerdigung. Aber Grossvati ist Grossvati und Claus ist Claus, und wenn da draussen ein Mistkäfer schwirrt, der, wenn er auf Teerlunge trifft, durchaus ein Terminator sein kann, dann macht man sich schon Gedanken.

Ich werde Claus ohne Tanten beerdigen, sollte ich nicht vor ihm sterben, und auch ohne Nichten und Neffen, denn die gibt es nicht mehr. Aber alle anderen, die sollen bitte dabei sein. So viel geballte Endlichkeit, plötzlich aus nächster Nähe.

Gleichzeitig beruhigt es mich, dass er das jetzt in Angriff nimmt, die losen Enden zu bündeln, die Fäden zusammenzuführen, einen Schirm für mich aufzuspannen, so weit das eben möglich ist.

Klar, was sind wir neuerdings so klar im Umgang miteinander. Alles liegt jetzt auf dem Tisch, alles wird jetzt angepackt. Ich finde das schön. Mich macht das müde!

Tap – tap, klopft Iggy im Rhythmus des Pendels. Er sagt keinen Ton zu alledem. Das macht ihn noch bedrohlicher.

Ich möchte einfach die Füsse hochlegen und aufhören zu denken, so monumental zu denken, so monumental zu fühlen. Ich versuche es mit dem Tatort, Deutschlands Grundpfeiler der Normalität. Treffen sich zwei.
«Nein!», rufe ich. «Bloss nicht Hände schütteln!»
Stecken zwei die Köpfe zusammen.

«Haltet Abstand!», denke ich. Es geht nicht nur mir so. In einer Szene sagt eine Frau:

«Zuhause werde ich nur verrückt!»

Und die Twittergemeinde stürzt sich darauf, sie überbietet sich mit Verschwörungsparodien zum 'Corona-Tatort ':

«Die haben es damals schon gewusst!»

So geht das nicht! Entweder Peng – peng oder tap – tap, aber nicht beides gleichzeitig!

Twitter aus. Fernseher aus. Handy aus. Kopf aus! Kopf aus? Ich horche in die Dunkelheit.

Es bleibt still. Iggy klopft nicht mehr.

Für heute ruht das Pendel.

«SZENEN EINER EHE (Corona-Mix)»

SONG No. 8

(Montag, 23. März)

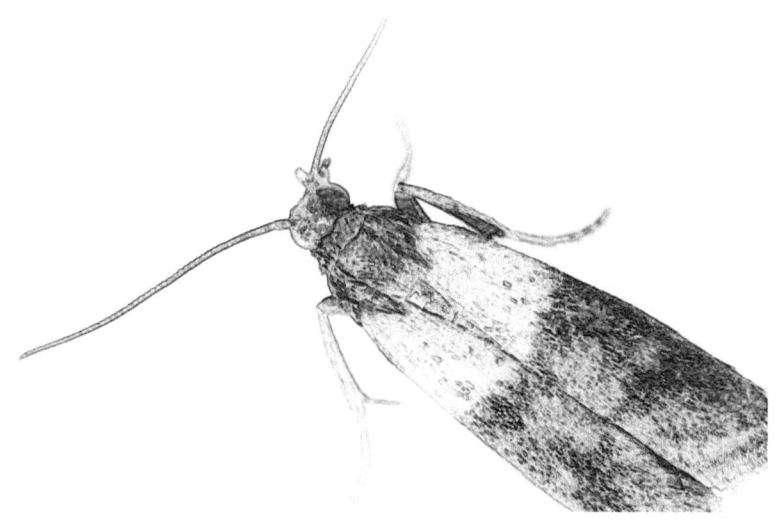

7:35 Uhr. Claus wacht neben mir auf. Er blinzelt in die Morgensonne, die seit Tagen unverändert freundlich scheint, und strahlt mich an. Ich strahle zurück:
«Guten Morgen!»
Er blinzelt nochmal:
«Oh, Scheisse!»
Ach ja. Wir haben ja Corona. Und noch einer blinzelt: Iggy Flop.
Jetzt gib uns doch bitte noch eine Minute!

7:41 Uhr.
Wir bleiben noch ein Momentchen liegen. Ich lausche mit geschlossenen Augen den Geräuschen des Morgens. Vogelgezwitscher. Stille. Der Müllwagen, wie schön! Was konnte ich mich früher über die Müllabfuhr aufregen, wenn die mich morgens um sechs nach endlosen Proben bis tief in die Nacht aus dem Schlaf gerissen hat. Was konnte ich mich aufregen über das Scheppern der Tonnen, das nicht abreissen wollende Klirren des Altglases, und da kam wirklich einiges zusammen, bei zwei Gastrobetrieben links und rechts im Haus.
«Die kleinen Freuden des Lebens: Die Müllabfuhr!», kichert Iggy. «Wer hätte das gedacht!»
Und ob, denke ich. Die sollen scheppern, so lange sie wollen! Musik in meinen Ohren im Vergleich zu dem Sound, den deine Krachband produziert!

9:10 Uhr.
Claus sitzt auf dem Sofa und daddelt auf seinem iPad herum.
«Was ist denn für heute geplant?», will er wissen, als ich die leeren Kaffeetassen einsammle.
«Nix», sage ich.
«Oh Mann!»
Frustriertes Schnauben.
«Es ist jetzt erstmal immer nix!», reite ich angefressen darauf herum. «Aber wenn du Langeweile hast, du könntest ja mal Frühstück machen!»

9:46 Uhr.

Der Appell verhallt, nicht ungehört, aber er verhallt. Claus, unverändert mit seinem iPad beschäftigt, sinkt mit gerunzelter Stirn immer tiefer in seinen Sessel.

«Heute schon über 25'000 Infizierte in Deutschland», murmelt er. «Und in der Schweiz auch schon über 6000!»

Ich fühle mich zu einem kleinen Peptalk genötigt.

«Ich möchte gerne, dass du weisst, dass ich dich jetzt genauso brauche wie du mich», baue ich mich vor ihm auf. «Wir sind hier ein Team. Ich kann in den nächsten Wochen nicht für uns beide die Optimistin vom Dienst sein, das schaffe ich nicht!»

«Aber ich bin doch gar nicht pessimistisch!»

«Nein, aber fatalistisch. Ich habe das Gefühl, du rollst dich hier in deinem Sessel zu einer Kugel ein und wartest, bis der Tag vorbei ist.»

«Was soll ich denn machen?»

«Frühstück, für den Anfang!»

10:12 Uhr.

Beim Frühstück.

«Die Berliner Polizei hat bekanntgegeben», plärrt der Fernseher, «dass ab sofort nicht mehr als zwei Menschen gemeinsam unterwegs sein dürfen. Die Einhaltung der Regeln wird kontrolliert. Bitte führen Sie jederzeit Ihren Personalausweis mit sich und ein Dokument, aus dem Ihre Wohnanschrift ersichtlich ist.»

«Herrgott, das klingt ja wie im Krieg!» Ich springe auf und mache Musik an. Fünf Minuten später spielt Spotify das herzergreifend schöne Liebeslied 'Eternamente' von Nilla Pizzi, ich bin in Tränen aufgelöst, und Claus legt mir die Hand auf den Arm:

«Jetzt darfst du aber auch nicht deinen Optimismus verlieren!»

Touché.

13:41 Uhr.

Ich lege eine Schreibpause ein und winke zu Claus hinüber:

«Na, wie wär's? Spazieren?»
«Nee, ist mir noch zu früh. Etwas später vielleicht.»

15:36 Uhr.
Ich lege die nächste Schreibpause ein.
«Na, wie wär's? Jetzt spazieren?»
«Nee, jetzt ist es zu spät, die Sonne wärmt ja gar nicht mehr.»
«Wir wissen doch beide, weshalb er nicht mehr spazieren geht»,
schnarrt Iggy.
Du warst auch schon origineller, Käpt'n Obvious! Geh woanders
trollen!

17:01 Uhr.
Claus winkt zu mir herüber:
«Möchtest du vielleicht einen Tee?»
«Och, Tee», will ich sagen, aber Claus ergänzt:
«Mit Rum!»
«Sehr gerne!» rufe ich. Ich liebe Tee!

18:36 Uhr.
Ich koche.

20:47 Uhr.
Wir putzen. Die Küche. Heute schon zum dritten Mal. Die Saftpres-
se, der Herd, die Spülmaschine, der Backofen, die Kaffeemühle, das
Schneidebrett, die Rüstmesser - das alles war in der vergangenen
Dekade nicht so oft in Betrieb wie in den letzten fünf Tagen.
    Eine Lebensmittelmotte schwirrt mir um die Nase, ich schlage
reflexhaft mit dem Geschirrhandtuch nach ihr. Sie trudelt lautlos zu
Boden, ich sehe ihr schockiert dabei zu. Claus schaut mich erschro-
cken an:
    «Was hast du denn?»
    «Die arme Motte», schluchze ich.

Ich kann kognitiv gerade keinen Unterschied mehr machen zwischen grossem Leid und kleinem Leid.

21:35 Uhr.
Bettzeit. Ungewöhnlich früh, für meine Verhältnisse, aber in meinem Kopf hat nichts mehr Platz. Keine staatstragenden Appelle, kein Zweckoptimismus, kein Galgenhumor, nichts. Claus läuft mir hinterher:

«Du hast ja gar nicht 'Gute Nacht' gesagt!»

«Hab ich doch», widerspreche ich. «Ich habe gesagt: Wir sehen uns auf der anderen Seite.»

«Auf welcher anderen Seite?»

«Auf der Seite, wo du morgens nicht als erstes 'Oh Scheisse!' denken musst. Wo ich wieder wie ein Mini-Ghostbuster Lebensmittelmotten liquidieren darf, ohne einen Nervenzusammenbruch zu erleiden. Auf der Seite, wo etwas anderes auf dem Plan steht als 'nix'!»

«Aber da steht doch schon was anderes!»

«Ja, was denn?»

«Na, wir. Du und ich. Wir sind doch nicht nix!»

Ach, Mann!

«DER WALDGOTT»

SONG No. 9

(Dienstag, 24. März)

Mir ist heute Nacht im Traum der Waldgott erschienen. Der japanische Waldgott. Der sieht aus wie ein Hirsch, ein sehr grosser Hirsch mit einem sehr stattlichen Geweih. Sein Gesicht, eingerahmt von dichtem weissem Fell, ist rot, genau wie seine Augen. Ein feines Lächeln umspielt seinen Mund.

Obwohl er sehr schwer ist, ist sein Gang vollkommen geräuschlos, er schwebt mehr, als er geht, und wo er seinen dreizehigen Fuss hinsetzt, da wachsen neue Pflanzen – oder sie sterben, denn der Waldgott ist Herr über Leben und Tod. Weshalb er manches Leben gibt und anderes Leben nimmt, folgt keiner Logik ausser jener der Natur: Wo der Lebenssaft hinströmt, da lässt er die Natur spriessen. Wo der Lebenssaft versiegt, da lässt er die Natur verdorren.

Wenn die Sonne untergeht, wächst der Waldgott über die Wipfel der Bäume hinaus, er wird zum Nachtwandler, sein Körper transluzent, ein Spiegelbild des Sternenhimmels. So streift er, glitzernd und funkelnd, lautlos durch die Wälder.

Oder durch Berlin, in meinem Traum. Ich spaziere nachts durch eine völlig verwaiste Stadt. Die Häuser sehen aus wie modelliert, sie sind alle ein bisschen krumm und ein bisschen schief, wie in einem Film von Tim Burton. Inneres, nach aussen gekehrt.

Und da sehe ich den Nachtwandler am Horizont. Er schiebt sich ganz langsam über die Dächer, schemenhaft, glitzernd, lautlos. Warum ist er nicht im Wald? Hat er seinen Kopf verloren? Dann müsste ich jetzt rennen!

Es ist nämlich so: Verliert der Nachtwandler seinen Kopf, und das passiert nicht oft, macht er sich auf die Suche nach ihm. Es passiert deshalb nicht oft, weil der Nachtwandler nicht einfach so seinen Kopf verliert. Er kann ihn verlieren, wenn Menschen ihm danach trachten. Wer den Kopf des Waldgottes besitzt, so heisst es in der Überlieferung, wird unsterblich. Für manch einen mag das durchaus ein Anreiz sein, zur Waffe zu greifen. Der darf dann allerdings keine Opfer scheuen, denn ein Nachtwandler ohne Kopf wird toxisch. Aus seinem Körper bilden sich Tentakel mit Fühlern, die nach dem fehlenden Kopf tasten und dabei alles Leben nehmen, das sie berühren.

In meinem Traum hat der Nachtwandler seinen Kopf noch. Je näher ich ihm komme, desto kleiner wird er und nimmt dabei langsam wieder seine Hirschgestalt an. Er bleibt stehen, mitten auf der Strasse, und es ist jetzt meine Strasse, ganz eindeutig, nicht mehr das krumme und schiefe Modell-Berlin. Ich erkenne die Häuserfassaden, die Linden davor. Der Waldgott schaut mich an mit seinen roten Augen, dann geht er einfach weiter. Und während um mich herum alles verschwimmt, während ich langsam aufwache, fällt mir auf, dass die Linden alle Blätter tragen.

Ich weiss, warum mir der Waldgott im Traum erschienen ist. Ich habe in der letzten Zeit ziemlich oft einen meiner Lieblingsfilme geschaut, einen japanischen Zeichentrickfilm. In diesem Film wütet der kopflose Nachtwandler mit brachialer Gewalt, und dann bricht sich das Leben wieder Bahn, genauso kraftvoll.

Es kann passieren, dass man von Waldgöttern träumt, in Zeiten wie diesen, wo das Leben selbst scheinbar den Kopf verloren hat und toxisch geworden ist, zumindest für uns Menschen.

«Etwas weniger hochgestochen könnte man auch sagen: Du hast halt Schiss!», grinst Iggy Flop.

Ich lasse ihn stehen und gehe spazieren, im Volkspark Wilmersdorf. Dort begegnet er mir wieder. Nicht Iggy. Der Waldgott.

Eigentlich ist es nur ein Hirsch, eine golden bemalte Statue auf einer Säule in einem Brunnen, von der bereits die Farbe abplatzt. Er ist mir gleich aufgefallen, als ich ihn zum ersten Mal gesehen habe, und da habe ich mich noch nicht mit doppelgesichtigen Sängern herumgeschlagen. Das war sogar noch vor der Schrammelband, irgendwann, in einem ganz normalen Leben. Es muss ein schöner, sonniger Tag gewesen sein, mir ist die Statue nämlich aufgefallen, weil sie so geleuchtet hat. Ich habe mich hingesetzt, auf den Brunnenrand, und zu ihr hochgeschaut. Es gibt ja diese stattlichen Statuen, vor denen man in Ehrfurcht erstarren könnte, wenn es nicht gleichzeitig ein bisschen lächerlich wäre. Dieser Stolz, dieses Pathos.

Ein bisschen stolz ist auch der Hirsch. Was soll man machen, wenn man, golden bepinselt, für jeden sichtbar auf einer Säule steht? Und gleichzeitig schaut er, als könnte er auch jederzeit von diesem Sockel herunterspringen, als wäre es nun auch wieder nicht so wichtig, da oben zu stehen.

Ich mochte ihn auf Anhieb und besuche ihn oft auf meinen Spaziergängen.

«Na, Hirsch? Wie geht's?»

«Ach, alles fein! Die Sonne scheint. Ein Hund hat mir gegen den Sockel gepinkelt. Aber wie du siehst: Ich leuchte!»

Als ich ihn heute sehe, wird mir klar: Berlin hat auch einen Waldgott. Darüber bin ich sehr erleichtert. Damit bekommen die Kräfte, die im Moment am Werk sind, für mich noch ein anderes Gesicht. Iggy ist nicht das Mass aller Dinge.

Auf dem Heimweg denke ich darüber nach, ob ich jemandem davon erzählen soll oder lieber nicht, weil das doch Kinderfantasien sind, und in dem Moment schreibt mir Rona:

«Weisst du, wie Luna-Lynn Corona nennt?»

Ach, wie mir die Kleine fehlt, und wie mich das sofort wütend macht, dass eine Zweijährige sich Gedanken machen muss über sowas! Iggy grinst. Ich balle die Faust in der Tasche.

«Nein», schreibe ich zurück, «wie denn?»

«Das Käferchen ohne Augen!»

Kinderfantasien, wie sie sich gleichen. Ich drehe mich nach meinem Hirsch um. Alles noch da! Die Faust entspannt sich.

«Der Waldgott wird seinen Kopf wiederfinden», denke ich.

«Und das Käferchen seine Augen.»

«LIEBE NACHBARN!»

SONG No. 10

(Mittwoch, 25. März)

I ch singe heute das Lied vom Kiez, von Streifzügen durch Charlottenburg. Damals, als Iggy Flop noch nicht am Ruder war, da ging ich gerne auf Bummel-Tour, die lieben Nachbarn besuchen. Ich spazierte vom Olivaer Platz über den Ku'Damm in die Schlüter- oder Bleibtreustrasse, auf ein Roséchen ins Lubitsch oder auf einen Schnack zu Irene in die Gallery Schrill. Zack, war ein Stündchen verbummelt. Dann ging ich weiter, von der Bleibtreu in die Kant und in die Paris Bar.

«Na, Arschgeigen», begrüsste Frau Doktor, wen sie zu sich an den Tisch winkte. So sind sie, die lieben Nachbarn. Dann wurde philosophiert, über Alice Schwarzer, über vergessene Spazierstöcke und über Lumpensuppe. Manchmal begleiteten wir Frau Doktor noch nachhause, auf ihre schöne Terrasse.

Und zack – noch zwei Stündchen verbummelt.

Alle diese Verweil-Orte sind keine mehr. Sie stehen verwaist, die Fenster dunkel, die Türen verriegelt.

In der neuen Zeit spaziere ich auch oft durch den Kiez. Und ich bin gar nicht so viel schneller als früher. Das liegt an den Aushängen überall an den Haustüren, in den unterschiedlichsten Handschriften, auf Pappschildern, Postkarten, Notizzetteln. Die neuen lieben Nachbarn.

«Liebe ältere Nachbarn», schreibt Pauline aus dem zweiten Stock, «ich bin gerne bereit, Ihre Einkäufe für Sie zu erledigen. Bitte einfach bei Tür 15 klingeln. Liebe Grüße!»

«Liebe Nachbarn», schreibt ein Unbekannter einige Häuser weiter. «Ich habe gerade viel Zeit zum Lesen. Die ausgelesenen Bücher lege ich jeden Tag in diese Kiste. Schauen Sie gerne regelmässig vorbei und nehmen Sie mit, was Ihnen gefällt.»

«Liebe Nachbarn», schreiben Petra und Henning, «wir gehören nicht zur Risikogruppe und helfen gerne. Wir können mit Ihrem Hund spazieren gehen. Wir können auch auf Ihre Kinder aufpassen, falls Sie weiterhin arbeiten gehen müssen. Henning ist ausgebildeter Erzieher. Rufen Sie einfach an.»

Aus einer Parterrewohnung riecht es nach Backwaren. Am Fenster klebt ein Zettel:

«Frisch aus dem Ofen! Ich backe täglich für Sie Brot und reiche es Ihnen zwischen 10:00 und 12:00 Uhr vormittags durch's Fenster. Das kostet für Sie nichts. Wir müssen jetzt zusammenhalten.»

Ich denke an Melbourne und ans andere Ende der Welt, das nur einen Steinwurf entfernt schien, damals, als Iggy Flop noch nicht am Ruder war. Damals ging ich manchmal durch meinen Kiez und fand alles ein bisschen klein, ein bisschen eng und überschaubar.

«Berlin hat doch so viel zu bieten», dachte ich da manchmal, «und wir latschen hier den immer gleichen Trampelpfad ab.»

Jetzt gehe ich durch diese altbekannten Strassen, und alles entzerrt sich, entzieht sich, die Häuser wachsen in die Höhe und die Strassen in die Breite. Alles ist über Nacht ausser Reichweite gerückt, als hätte ich aus Versehen vom Schrumpfkeks gegessen wie Alice im Antiwunderland.

Ich denke daran, wie ich vor Iggy zwischen Berlin und Basel hin- und hergehüpft bin, beiläufig, die Reise ein Zug auf einem Brettspiel zwischen zwei anderen Tätigkeiten. Jetzt ist die Schweiz das gefühlte neue Ende der Welt, jetzt darf ich hier nicht einmal mehr das Nachbarhaus betreten.

In meinem Kopf singt Iggy darüber, wie er als Passagier durch die Welt fuhr, in einer anderen Zeit, als man noch durch die Welt fahren durfte. Wie er fröhlich aus dem Fenster seines Autos schaute und die Sterne bewunderte, die in der Nacht hervorkamen.

Ja, so ist es jetzt nicht mehr. Aber während sich mancherorts die Strassen leeren und die Türen zufallen, während die grosse Welt so still geworden ist, wuselt es im Kleinen vor geschäftiger Betriebsamkeit. Es ist die Zeit der Mikrokosmen.

«Herr Schröder!», ruft eine junge Frau. Sie steht mit einer Brötchentüte auf dem Gehsteig vor einem Haus. Im ersten Stock tritt ein älterer Mann auf den Balkon.

«Ach, die Julia», ruft er.

«Hallo Herr Schröder», ruft die Julia zurück.

«Ich habe ihre Brötchen!»

«Ach ja, ja!», sagt der Herr Schröder und lässt an einer Schnur einen Blecheimer zu Julia herunter.

Ich beende meinen Spaziergang und mache mich auf den Heimweg. Ein Plakat fällt mir ins Auge.

«Misanthropie ist so Neunziger!», steht da. Werbung für einen Buchverlag, stelle ich auf den zweiten Blick fest, aber was soll's. Wir sitzen alle im selben Boot. Wir sind alle immer noch Passagiere. Fällt dir dazu etwas ein, Iggy? Nein? Mir schon.

«Singin' la-la-la-la-la», trällere ich auf dem Heimweg.

«La-la-la-la-la-la-la-la,
La-la-la-la-la-la-la-la!»

Als ich zuhause ankomme, steht das befreundete Paar auf der Strasse vor unserem Balkon, mit Rotweingläsern in den Händen.

«Wir waren spazieren und wollten mal 'Hallo' sagen», erklärt der Freund. «Besuch 2.0!»

«Prost!», rufen die zwei, von oben prostet Claus mit einem Bierchen zurück.

Ich liebe Besuch 2.0! Als ich ins Haus gehe, stelle ich fest: Auch an unserer Türe hängt jetzt ein Zettel.

«Liebe Nachbarn, wir sind für euch da. Ihr könnt ab sofort eure Speisen und Getränke bei uns abholen.» Eine Suppenbar um die Ecke, mit einer kleinen Auswahl an Gerichten, für kleines Geld.

«Sucht euch einfach etwas aus. Die momentane Situation erfordert unkomplizierte Lösungen.

P.S. Abstand bedeutet nicht Distanz!»

Liebe Nachbarn. Das sind wirklich liebe Nachbarn!

«DO's & DON'Ts (Corona-Mix)»

SONG No. 11

(Donnerstag, 26. März)

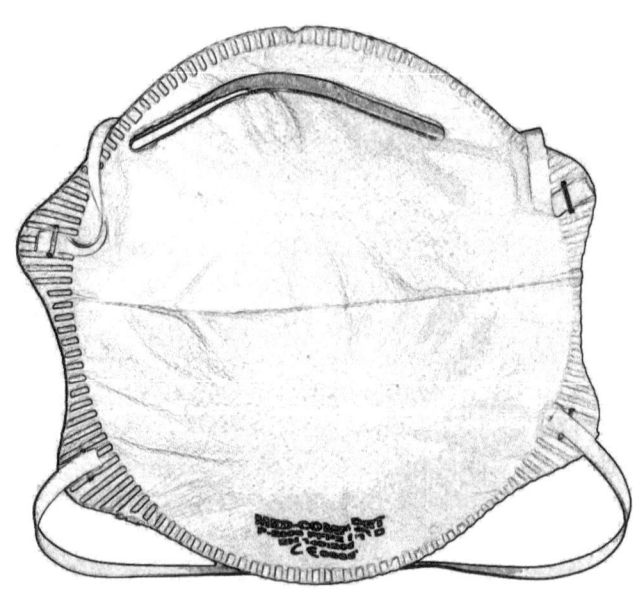

Auf dem Weg in die Apotheke, das Radio plärrt. Gegen Corona gibt es noch keinen Impfstoff, gegen Pneumokokken schon. Vielleicht hilft das ja ein bisschen, und wenn nicht, dann beruhigt es wenigstens. Bei mittlerweile fast 50'000 Infizierten allein in Deutschland, da kann man sich jedenfalls mal an die frische Luft trauen und sich ein bisschen Bakterienhüllenzucker in den Allerwertesten jagen lassen. Weil es aber kaum noch Apotheken gibt, die den Impfstoff überhaupt vorrätig haben, sitzen wir jetzt im Auto und fahren ans andere Ende der Stadt.

«Und jetzt unser Corona-Extra», zwitschert die Radiomoderatorin. Als wäre daran noch irgend etwas Extra, als würden uns Iggy Flop und seine Krachband nicht seit gefühlten tausend Jahren auf's Dach steigen, vierundzwanzig Stunden am Tag, sieben Tage die Woche.

«Heute mit unseren Corona-Do's & Don'ts! Wir haben für sie eine Liste zusammengestellt!»

Ich spitze die Ohren, das könnte interessant werden.

«Wir beginnen mit den Do's: Die meisten wissen es schon, wir wiederholen es trotzdem nochmal. Bleiben Sie zuhause. Waschen Sie sich regelmässig die Hände.»

«Hilfe!», ruft Iggy. «Ich werde zu Tode gelangweilt!»

Vor der Apotheke, die ohne Mundschutz nicht mehr betreten werden darf, hat sich eine kleine Schlange gebildet. Während ich warte, denke ich über meine persönlichen Corona-Do's & Don'ts nach. Ich fange ebenfalls mit den Do's an und stelle fest, dass ich unterteilen muss in Dinge, die ich immer noch tue, und in Dinge, die ich neuerdings tue. Das trifft auch auf die Don'ts zu. Ich unterteile meine Liste im Geiste in vier Spalten.

Spalte 1, 'Dinge, die ich trotz Corona immer noch tue':
- Den Tag mit fünf Tassen Kaffee beginnen
- So tun, als würde ich das Telefon nicht hören
- Sekt im Wasserglas trinken

- Mich fit genug fühlen für die Workout-Videos von Jillian Michaels und dann nach fünf Minuten keuchend auf dem Boden liegen

Spalte 2, 'Dinge, die ich wegen Corona neuerdings tue':
- Ohne Musik joggen gehen
- Jeden Abend kochen
- Täglich mehrfach die Küche putzen
- Lebensmittelmotten beweinen
- Überhaupt alles beweinen
- Telefonieren (wenn ich selbst entscheiden kann, mit wem)
- Sand von Spielplätzen klauen (ich brauche den für meine Topfpflanzen!)
- Topfpflanzen pflanzen

Spalte 3, 'Dinge, die ich trotz Corona immer noch nicht tue':
- Beim Duschen auf anhieb eine Wassertemperatur finden, die weder zu heiß noch zu kalt ist
- Taschentücher dabeihaben, obwohl ich immer welche bräuchte, seit Jahren ist das mein blinder Fleck!
- Geduldig in der Schlange stehen

Spalte 4, 'Dinge, die ich wegen Corona neuerdings nicht mehr tue':
- Punkbands mit durchgeknallten Sängern sexy finden
- Mir ins Gesicht fassen

Letzteres ist gelogen. Aber ich nehme mir jeden Tag sehr fest vor, es nicht mehr zu tun.

Ich rücke in der Schlange an die erste Stelle. Eine Apothekerin schiebt mir auf einem Tablett zwei Ampullen Impfstoff durch ein schmales Fenster.

«Sie haben nicht zufällig noch Atemschutzmasken da?», frage ich und bin ganz überrascht, als die Frau sagt:

«Doch haben wir!»
Ich mache mir einen Vermerk für Spalte 3, 'Dinge, die ich trotz Corona immer noch nicht tue':

* Davon ausgehen, dass man auch mal Glück haben kann

Mit den Ampullen fahren wir weiter zu unserem Hausarzt. Der ist systemrelevant, der muss noch arbeiten. Als wir seine Praxis betreten, ergänze ich im Geiste Spalte 1, 'Dinge, die ich trotz Corona immer noch tue':

* Mich darüber wundern, welche Bilder Ärzte sich in ihre Praxen hängen
* So tun, als hätte ich keine Angst vor Spritzen

Den Einstich spüre ich allerdings tatsächlich überhaupt nicht. Ich schaue sogar verstohlen nach, ob der Hausarzt nicht daneben gespritzt hat. Ein weiterer Punkt für Spalte 1, 'Dinge, die ich trotz Corona immer noch tue':

* Heimlich die Fachkundigkeit anderer Menschen anzweifeln

Ich bin froh, als Claus mir zuhause sagt, er habe ebenfalls nachgeschaut, ob die Ampulle mit dem Impfstoff auch wirklich leer gewesen sei. Zwei Stunden später habe ich Schmerzen im rechten Oberarm, als hätte ich mir einen Muskel gezerrt. Und noch ein Punkt für Spalte 1, 'Dinge, die ich trotz Corona immer noch tue':

* Daran glauben, dass das Karma sofort zurückschlägt

Iggy winkt mir aus seiner Schmuddelecke lässig zu. Ich weiss, was jetzt käme: Irgend ein Vortrag über Karma und Gesellschaft und Corona. Nicht mit mir!

Ich gehe einkaufen und streife mir erstmals den Mundschutz aus der Apotheke über. Der sitzt nicht richtig, ich atme ständig Stoff ein, und die Gummizüge schieben mir die Haare ins Gesicht. Während ich das Teil vor einem Schaufenster zurechtrücke, ergänze ich im Geiste Spalte 2, 'Dinge, die ich wegen Corona neuerdings tue':

- Beim Einkaufen doof aussehen
- Mir im Mundschutz die Haare einklemmen

«Ich hätte gerne 200 Gramm Käse», sage ich im Laden zum Verkäufer.
«Wie bitte?», fragt er.
Noch ein Punkt für Spalte 2, 'Dinge, die ich wegen Corona neuerdings tue':

- undeutlich sprechen, mundschutzbedingt

Ich fange an zu schwitzen und wiederhole mich sehr laut, der Verkäufer zuckt ein bisschen zusammen. Ich notiere mir in Spalte 4, 'Dinge, die ich wegen Corona neuerdings nicht mehr tue':

- Dinge einkaufen, die Gespräche mit Verkaufspersonal erforderlich machen

Obwohl der Punkt eigentlich eher in Spalte 3 gehören würde, wenn ich ehrlich bin. Und weil ich jetzt gefrustet bin, gehe ich heim und versuche mich mal wieder an Jillian Michaels' Workout-Videos. Letzte Ergänzung für Spalte 1, 'Dinge, die ich trotz Corona immer noch tue':

- mich selbst überschätzen

Ich nenne das freundlich: Optimismus.

«KURTIS KOMMT NICHT»

SONG No. 12

(Freitag, 27. März)

K urtis Blow kommt heute nicht nach Berlin. Sein Konzert, bereits mehrfach verschoben, geht mit Corona wohl endgültig baden. Schade, denke ich, und wieder eine Legende verpasst!

«Halb so wild!», sagt Iggy Flop. «Das erspart mir die Fremdscham, den ganzen Muttis und Papis dabei zuschauen zu müssen, wie sie ihre angestaubten Breakdance-Moves aus der Mottenkiste holen. Ausserdem: Mit mir hast du doch jeden Tag Konzert!»

Ja, klar, Iggy, ich lausche lieber deiner Krachband als Kurtis und seinen Breaks. Oder Ta´Shan und ihrem Bombay-Miami-Sound. Oder Richard Strauss und seinem Zarathustra. Oder Kurt Krömer und seinen Gags.

Ach, du hörst mir gar nicht mehr zu? Ja, die Liste ist lang! In Berlin finden jeden Tag und jede Nacht rund tausend Veranstaltungen statt. Kurtis Blow und weitere 999 Luftballons – geplatzt. Well, you know the breaks, würde der nun sagen. So ist das nunmal.

Abgesagt sind die 'Zauberhits für Kids' am Zaubertheater Igor Jedlin. Abgesagt ist 'Too Slow to Disco' mit DJ Supermarkt im Klunkerkranich. Abgesagt ist 'Hot Mess #2', ein Diskurs zum Thema digitaler Feminismus. Abgesagt ist 'Der Froschkönig – ein Mitspieltheater' am Galli Theater.

Menschen, die jetzt ihre Instrumente stimmen, ihre Texte durchgehen, ihre Zaubertricks nochmal üben würden, Menschen, die ihre Kostüme aufbügeln, Schminke auftragen und sich in ihren Glitzerfummel schmeissen würden, sitzen jetzt zuhause. Ausser Kurtis Blow, der tänzelt im weissen Sakko zu Iggy auf die Bühne und rappt über Menschen, die ihren Job verloren haben.

«Die Welt wird nicht mehr die selbe sein nach Corona», sagen jene, für die das Glas halb voll ist, «die Gesellschaft wird sich verändern, zum Guten.»

«Wir werden solidarischer sein und fairer im Umgang miteinander», schwärmt eine Freundin am Telefon. «Auch die Gesetzgebung wird sich ändern, zum Guten, die Entlöhnungsstrukturen werden fundamental überarbeiten werden müssen.»

Die Kultur praktiziert den digitalen Schulterschluss und sorgt für so manche Sternstunde von Wohnzimmer zu Wohnzimmer. Wo die Hoffnung nicht keimt, da blüht immerhin noch der Galgenhumor: Das Frannz stellt eine Party in den Verkauf, die es nicht geben wird, eine Geisterparty.

«Die Party ohne Anfahrt, ohne Schlangestehen. Ihr müsst euch nicht zurecht machen, Dress-Code gern im Pyjama-Segment», schreiben die Veranstalter, «kein Floor, 5 Euro, wenn das kein Angebot ist! Holt euch ein Ticket und (be)kommt nicht(s)! Außer unsere tiefe Dankbarkeit und einen Platz auf unserer Gästeliste in der Post-Corona-Periode.»

«Rührend, euer Optimismus!», sagt Iggy. «Aber diese Geisterparty ist total mein Ding!»

Abgesagt ist die Comedy-Tour im Friedrichstadtpalast. Abgesagt ist 'Don Giovanni' an der komischen Oper. Abgesagt ist die Vernissage 'Krystyna - Kunstfotografie' im Projektraum Endart. Abgesagt ist die Soliparty 'Donating to Sea-Watch' im Jugendclub 'Die Klinke'.

Menschen, die Wechselgeld für die Spendenkasse rauslegen, ihre Bilder noch einmal zurechtrücken und einen letzten Mikrophoncheck machen würden, sitzen jetzt zuhause. Kurtis Blow zuckt mit den schulterbepolsterten Schultern und rappt mit Iggy im Duett über Brieftaschen, die leichter und immer leichter werden: You know the breaks!

«Die Welt wird nicht mehr dieselbe sein nach Corona», sagen jene, für die das Glas halb leer ist, «die Gesellschaft wird sich verändern, zum Schlechten.»

«Die fahren die Wirtschaft gegen die Wand», klagen meine arbeitslosen Freunde. «Davon erholen wir uns nie! Das kann doch nicht der richtige Weg sein!»

Die Kommunikationsstelle für Demokratischen Widerstand geht noch viel weiter.

«Wir leben in einer de-facto-Diktatur», behauptet sie. «Polizei-staatliches Gebaren im Übergang zum Präfaschismus ist völlig indiskutabel. Wir bestehen auf Verhinderung obrigkeitsstaatlicher Schikanen, auf Beendigung des Notstands-Regimes!»

«Pass auf, jetzt wird's interessant!», sagt Iggy. «Was, glaubst du, macht der Widerstand, wenn er widerstehen will? Er demonstriert!»

Die 'Hygienedemo für Verfassung, Grundrechte & transparente Gestaltung der neuen Wirtschaftsregeln durch die Menschen selbst', angekündigt für heute, 15:30, auf dem Rosa-Luxemburg-Platz, ist nicht abgesagt. «Mit 2-Meter-Abstand, Mundschutz und Grundgesetz», ordnet der Widerstand auf seiner Webseite an.

Und dann steht da auch noch: «Wer keinen Mundschutz hat, soll bitte die Polizei danach fragen.»

«Menschen, hahaha!», grölt Iggy. «Köstlich!»

Wobei ich mich frage: Die angesprochenen 'Menschen selbst', die jetzt zuhause sitzen, weil ihre Vorträge und Konzerte und Vernissagen ins Wasser fallen, weil ihre Kneipen zu sind und ihre Handwerksbetriebe, gehen die statt dessen heute auf eine Demo? Ist dieser Aufruf überhaupt ernst gemeint?

«Worauf du wetten kannst!», sagt Iggy.

Dann frage mich weiter: Sind virusbedingte Kontaktsperren obrigkeitsstaatliche Schikanen? Sind Corona-Massnahmen schon ein 'Notstandsregime'?

Ist das Glas halb leer oder halb voll? Wo geht es hin in der Post-Coronazeit - Polizeistaat oder Solidargemeinschaft? Stellt sich die Frage wirklich? Und kommt man, wenn man weit genug nach negativ geht, irgendwann bei positiv wieder raus?

Die Geisterparty, die nicht stattfinden wird, ist übrigens abgesagt. In meinen Augen ein konsequenter Ansatz: Wenn man ein leeres Glas seiner Inhaltsleere entledigt, dann müsste es eigentlich wieder voll sein. Einfache Physik.

«FEIERABEND!»

SONG No. 13

(Samstag, 28. März)

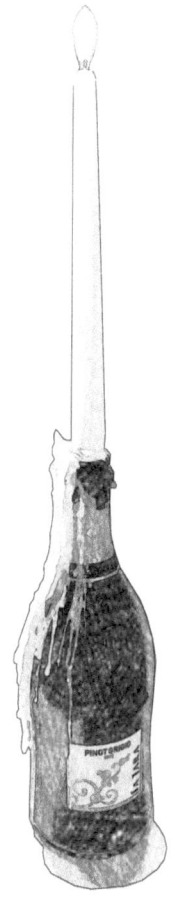

D as Leben spriesst. Das Leben verdorrt. Das älteste Lied der Welt. Das Leben spriesst: Eine Freundin lädt mich ein, mit ihr Geburtstag zu feiern. In der Zeit vor Iggy Flop wäre ich in den Zug gestiegen oder ins Flugzeug und wäre nach Basel gereist. Vielleicht hätte ich einen Schlenker bei mir zuhause vorbei gemacht, um mich ein bisschen aufzubrezeln, auf die Art und Weise, wie man sich für einen Geburtstag aufbrezelt, der kein runder ist, für ein Geburtstagskind, das man vor wenigen Tagen noch gesehen hat.

«Hey, schön, dass du da bist!», hätte meine Freundin gesagt und das auch so gemeint, auf die Art, wie man so etwas meint, wenn man den Gast vor wenigen Tagen noch gesehen hat und ausserdem ein Auge haben muss auf die anderen fünfzehn Leute, die schon da sind.

Herzlich wäre diese Begegnung geworden, aber auch von einer gewissen Routine, wie Menschen, die fest im gesellschaftlichen Sattel des Lebens sitzen, eben miteinander feiern.

In der neuen Zeit feiern wir per Videochat, eine Handvoll Frauen, jede für sich und jede aus ihrer Höhle, und ich fühle mich plötzlich wie ein kompletter Partyneuling. Wie feiert man ein virtuelles Fest? Und was braucht es, damit sich das überhaupt anfühlt wie ein Fest und nicht wie eine x-beliebige Telefonkonferenz?

Ich beschliesse, mich nicht nur beiläufig aufzubrezeln, sondern richtig. Ich schäle mich aus meinen Bequemklamotten und schmeisse mich ins kleine Schwarze. Ich hole den dazu passenden Schmuck aus der Schatulle und trage glitzernden Lidschatten auf. Ich stelle Kerzen auf und Sekt bereit und werde, typisch Feierneuling, ein bisschen aufgeregt. Auf der Hutablage finde ich sogar noch den roten Partyzylinder, den Claus zum Siebzigsten bekommen hat. Ich setze den Zylinder auf und tanze ins Wohnzimmer, in Vorglühstimmung. Claus springt aus seinem Sessel, das Handy am Ohr:

«Oh nein!»

Das Leben verdorrt: Ein Freund ist vor einigen Stunden gestorben. An den Folgen von Corona. Vor einer Woche, vor tausend Jahren, da hatte er noch gesagt:

«Natürlich komme ich zu Claus' Geburtstag!»

Vor einer Woche, vor tausend Jahren, da war es noch natürlich, das Leben zu feiern. Und jetzt? Jetzt können wir uns nicht einmal anständig von ihm verabschieden, es wird keine Trauerfeier geben und keine Beerdigung.

Ich komme mir, in meinem schwarzen Fummel und mit meinem roten Partyhut, vor, als wäre ich ins falsche Filmset gestolpert. Die Kerze, die ich vor einer Minute aufgestellt habe, sie war gedacht, um die Stunde der Geburt zu preisen. Jetzt zünde ich sie an, um den Verlust zu betrauern.

«Er war schwer vorerkrankt», murmelt Claus.

«Was er damit eigentlich sagen will», schulmeistert Iggy, «Corona kommt näher, aber noch hat es euch nicht beim Wickel hat, das hofft er jedenfalls. Noch, so glaubt er, habt ihr einen Vorsprung.»

Einen Vorsprung? Vor einer Woche, da haben wir noch niemanden gekannt, der an Corona überhaupt erkrankt ist. Und nun können wir nicht einmal ohne Hintergedanken um unseren Freund trauern, weil wir Angst davor haben, jeden Moment selbst davon befallen zu werden. Ich drehe den Hut in meinen Händen und frage mich, ob überhaupt jemals irgendwas wieder gut wird.

Das Leben spriesst: Mein Handy bimmelt, die ersten Freundinnen loggen sich in den Videochat ein. Ich schaue in lauter lachende Gesichter.

«Es ist so schön, euch zu sehen!», ruft das Geburtstagskind, mit einer Verve, als wären wir hundert Jahre voneinander getrennt gewesen. «Wie geht es euch?»

Alle sehen ein bisschen erschöpft aus, ein bisschen gerupft, ein bisschen gezeichnet. Allen sieht man an, wie dringend sie das brauchen; unsere Nettigkeiten, unsere Flapsigkeiten, unseren heiligen Ernst und unseren luftigen Quatsch, und, natürlich, unser Gelächter.

«Du hast dich ja richtig 'rausgeputzt», kommentiert das Geburtstagskind mein Outfit, «ich fühle mich geschmeichelt!»

Die anderen nicken und bestätigen und machen mir fröhliche Komplimente. Ich möchte so gerne mit ihnen das Leben feiern. Ich sage:

«Ein Freund ist gestorben, an den Folgen von Corona.»

Das Leben verdorrt, das Leben spriesst: Im Chat ist es still, aber nur für einen Moment.

«Was ist passiert?»

«Das tut mir so Leid!»

«Verdammte Scheisse!»

Erzählen lassen. Trösten. Gemeinsam fluchen. Das Einmaleins der Instant-Seelenhilfe, wie es nur Freundinnen beherrschen.

Ich muss die ganze Zeit an den Menschen denken, der seinen Lebenspartner verloren hat. Der jetzt zuhause sitzt und das alles ganz alleine durchstehen muss. Den man nicht einmal in den Arm nehmen kann.

«Wenn ich mir vorstelle, in so einer Zeit isoliert zu sein», sage ich, «das ist doch... Das ist...»

«Es hilft ihm bestimmt, wenn er weiss, wie viele Menschen jetzt in Gedanken bei ihm sind!», kommt mir die eine Freundin zu Hilfe.

«Dennoch, eine hundsjämmerliche Situation ist das!» knurrt die andere.

Erzählen lassen. Trösten. Fluchen.

«Ich wollte euch nicht die Party verderben», sage ich schliesslich.

«Du hast gar nichts verdorben», rufen alle gleichzeitig. «Das war dieses verdammte Virus.»

«Diese Hackfresse, dieser Aasgeier, dieser beschissene Kackvogel!»

Wir fluchen, bis wir wieder lachen können, bis die ganze Angstrotze für einen Moment aus dem System gespült ist.

«So», sagt das Geburtstagskind. «Und jetzt stossen wir an. Dein Freund, wie hiess der?»

Ich nenne den Namen.

«Wir trinken jetzt, auf diesen wunderschönen Namen, der nicht hinter einem Virus verschwinden soll! Und wir trinken auf eine Geburtsstunde, die ebenfalls nicht hinter einem Virus verschwinden soll. Corona hat jetzt Feierabend!»

Mir geht ein Song von Großstadtgeflüster durch den Kopf: Die Band fordert, man möge sie mit der alten Leier für heute in Ruhe lassen. Morgen, da können sie gerne alle wieder ankommen mit ihrem Geseier, aber: «Jetzt ist Feierabend!»

Ich zünde eine zweite Kerze an. Wir singen 'Happy Birthday', ich setze mir den roten Partyhut auf. Der Sekt perlt, das Gelächter auch, und in den nächsten Stunden machen wir einfach nur unseren luftigen Quatsch.

Später, als ich mein Glas zum Spülen in die Küche bringe, sitzt Iggy auf der Anrichte und macht sein kontemplatives Gesicht.

«Was so ein winziges Ding für eine enorme Wirkung haben kann», sagt er, scheinbar voller Mitgefühl, aber dann erkenne ich, dass das auch wieder nur einer seiner Tricks ist. Dieser Filter, den er mir hier aufdrängen will, der verzerrt alles. In Wirklichkeit habe ich ein ganz anderes Bild vor meinem inneren Auge, wenn ich an meinen Freund denke: Ich sehe ihn lachen. Denn so sahen wir uns zum letzten Mal, wir lachten. Und genau so werde ich ihn in Erinnerung behalten.

Du kannst deinen Corona-Filter wieder einpacken, Iggy. Jetzt ist Feierabend!

«FAMILIENBANDE (Corona-Mix)»

SONG No. 14

(Sonntag, 29. März)

Die Ode an die Familienbande, auch ein sehr altes Lied. Für meine Ode muss ich mich ziemlich weit aus dem Fenster lehnen, meine Familienbande lebt über den halben Erdball verstreut. In der Zeit vor Iggy, da war es normal, dass wir uns manchmal länger nicht gesehen haben. Mir fiel das oft gar nicht auf, ich war beschäftigt und die anderen auch, und die Wochen und Monate verstrichen in einem Wimpernschlag. Dass wieder ein Jahr vergangen war, wurde mir erst bewusst, wenn Weihnachten vor der Tür stand und damit Silja.

«Sag mal, mit dir habe ich doch gerade noch ein Bier getrunken!»

«Verrückt, gell, dass das in Wirklichkeit schon wieder fast ein Jahr her ist!»

Jedenfalls von Angesicht zu Angesicht. Manchmal tranken wir auch ein Telefonbier, von Basel nach Bombay, aber nicht allzu oft. Ich bin Seltentelefoniererin, telefonieren überfordert mich. Bei mir läuft das so ab: Mein Handy klingelt. Ich, in einen wahnsinnig wichtigen Gedankengang versunken, zucke zusammen. Wer unterbricht mich denn jetzt? Ich beschliesse, nicht ranzugehen. Dann stelle ich mir vor, wie am anderen Ende jemand ungeduldig darauf wartet, ein Gespräch mit mir zu beginnen, um das ich nicht gebeten habe. Ich gehe doch ran und habe bereits schlechte Laune, bevor überhaupt etwas gesagt worden ist. Telefonieren? Im Zweifel lieber nicht!

Aber in der neuen Zeit, in der ein Wiedersehen mit der Familienbande nicht nur keine Option, sondern schlicht ein Ding der Unmöglichkeit ist, da verschieben sich die Präferenzen. Wir beschliessen heute, als Familie etwas zu tun, wozu mich in Prä-Iggyzeiten wahrscheinlich keine zehn Pferde gebracht hätten.

11:30 Uhr.

«Familienchat in einer halben Stunde?», fragt Silja.

«Jep», antwortet Mama.

«Am besten machen wir das gleich hier auf Whatsapp», schlägt

Silja vor, «ich schalte euch alle dazu!»

«Ok», meint Paps.

«Da sind halt die Bilder von allen so klein», wendet Mama ein. «Aber es ist wahrscheinlich die sicherste Methode, alle zu erreichen.»

«Jep», bestätigt Silja.

«Kannst du denn nicht vom Notebook aus whatsappen?», fragt Paps.

«Das geht auch», schreibt Silja.

«Ich meinte Mama», stellt Paps klar.

«Ich weiss», stellt Silja ihrerseits klar.

«Ich schaff's nicht um zwölf», meldet sich Lena. «Ich muss noch was abliefern für den Kindergarten. Zwölfuhrdreissig?»

«Passt mir auch», schreibt Mama.

Rona und ich schliessen uns an.

«Okay, dann rufe ich euch in einer Stunde an», schreibt Silja.

12:22 Uhr.

«Ich glaube, bei Whatsapp kann man höchstens zu viert videochatten», gibt Paps zu Bedenken.

«Oh, ja, du hast Recht», antwortet Silja. «Dann skypen wir. Oder Zoom ist auch gut.»

«Ich habe kein Zoom», wende ich ein.

«Also, dann Skype», schreibt Silja. «Muss ich mal eben runterladen. Hab ich nicht auf dem Notebook.»

«Ich auch nicht», meldet sich Lena. «Messenger geht nicht?»

«Wieso nicht Facetime?», schlage ich vor. «Das ist doch am einfachsten!»

«Ich bin ready auf Skype», schreibt Mama.

«Mein Skype läuft nicht», stellt Lena fest. «Facetime funktioniert super!»

«Ich habe kein iPhone», antwortet Silja. «Für Android gibt's kein Facetime.»

«Oh, mein Skype läuft doch», korrigiert Lena.

«Ich bin auch online», schreibe ich.

«Ich sehe dich nicht», sagt Rona.

«Ich finde dich nicht», sagt Paps.

«Wie sind eure Skype-Namen?», will Silja wissen.

«Ich brauche von allen eine Einladung», behauptet Mama.

«Paps, geh ran», drängelt Silja.

«Silja, ich winke dir!», drängelt Lena.

«Sarah, ich ruf dich gerade an!», drängelt Rona.

12:41 Uhr.
Mittlerweile haben sich vier von sechs Familienmitgliedern auf Skype eingefunden. Alle reden gleichzeitig. Dann sind alle gleichzeitig still. So geht das etwa zwei Minuten.

«Ich sehe dich nur in so einem winzigen Kreis, Rona», vernehme ich den ersten verständlichen Satz, er kommt von Mama. «Und du Gérard, hast so einen komischen blauen Balken über dem Gesicht.»

«Nein», sage ich, «hat er nicht.»

Es sprechen wieder alle gleichzeitig. Paps schaut reglos in die Kamera.

«Gérard, bist du noch da?», fragt Mama.

«Ja, klar», sagt Paps, «aber wenn alle gleichzeitig reden, dann spar ich mir den Atem.»

Wir sind uns einig: Irgend jemand müsste das Gespräch moderieren. Es hat nur niemand sonderlich Lust darauf. Silja schaltet sich dazu.

«Silberzwiebelchen!», ruft Mama, die für mein Empfinden mehr als sonst die Tendenz hat, die alten Kosenamen aus unserer Kindheit wieder aus der Mottenkiste zu holen.

«Silja», sagt Rona, «ich sehe nur deine Nase!»

12:53 Uhr.
Alle sind online. Paps setzt zu einem Moderationsversuch an.

«Silja!», ruft er in seinem durchsetzungsstärksten Pädagogentonfall. «Wie geht es dir?»

«Rona, ich sehe dich immer noch nur in diesem winzigen Kreis»,
durchkreuzt Mama die Moderationspläne.
Dann ist Paps plötzlich weg.
«Oh, Rona, jetzt bist du in Gérards Rechteck gehüpft», ruft
Mama entzückt.
«Dafür ist Paps jetzt offline», sagt Lena.
«Ich ruf' ihn nochmal an», sagt Rona.

13:04 Uhr.
Wir haben uns eingegrooved. Das Gespräch dreht sich zu 93% um
Corona, zu 5% um Katzen und zu 2% um Katzenkotze.

13:11 Uhr.
Technische Probleme in Bombay. Was schade ist, weil Silja gerade
endlich die Frage beantwortet, wie es ihr geht in einem Land, das
mit so ganz anderen Problemen konfrontiert ist, als wir sie kennen.
    «Social Distancing in den Slums ist halt so ein bisschen uto-
pisch», sagt sie, dann friert das Bild ein und der Ton ist weg.
    «Huch», sagt Iggy, «na sowas!»
Ein Schelm, wer Arges dabei denkt!
    «Was macht ihr denn alle so mit eurer Zeit?», fragt Mama. «Ich
lese ja viel.»
    Paps spaziert, Lena streicht, ich schreibe, Silja ist noch nicht
wieder online und Rona – hat ein Kind.

13:16 Uhr.
Abgesehen von einigen Abstrichen im technischen Bereich fühlt
sich das hier so langsam an wie eine ganz normale grosse Familien-
runde: Man kommt nie so richtig zu Wort. Es gibt diese eine Person, die immer erst verzögert über Witze lacht. Und der Mensch,
mit dem man sprechen will, muss immer gerade auf Klo.

13:32 Uhr.
Wir machen vier weitere Termine aus für Videochats. Es gibt

diverse Geburtstage zu begiessen, und ausserdem steht Ostern vor der Türe. Mama ist so glücklich: Endlich kann sie wieder etwas in ihre Agenda schreiben!

14:09 Uhr.
Wir haben aufgelegt und sind zurück im Whatsapp-Chat. Alle sind ein bisschen froh darüber, dass es wieder möglich ist, simultan zu kommunizieren. Der Chat füllt sich sofort mit Screenshots der Aktion. Von angeschnittenen Köpfen über unvorteilhaft verdrehte Augen zur klassischen 'Von unten in die Nase rein'-Perspektive ist alles dabei. Und dann ist da sogar ein Bild, auf dem wir alle gleichzeitig lachen. Familie 2.0.

Telefonieren? Im Zweifel lieber ja. Aber wenn das alles vorbei ist, dann lassen wir den Quatsch wieder.

Und komm mir nicht mit dieser dystopischen Aura, Iggy, es WIRD irgendwann vorbei sein!

Und dann will ich euch beim Kochen nicht nur zusehen, sondern mithelfen, ich will eure Schubladen aufreissen und mich darüber auslassen, dass überhaupt nichts logisch eingeräumt ist. Ich will eure Kaffeemaschinen nicht nur hören, sondern sie selbst bedienen und mich jedes Mal darüber wundern, dass bei Paps die Tasse überläuft, wenn ich nicht selbst auf 'Stopp' drücke. Ich will mich an euch vorbeiquetschen müssen, wenn ich auf die Toilette muss. Und: Ich will euch wieder die Chips wegessen. Ihr müsst doch zugeben: Niemand kann das so gut wie ich!

«DAS SPIEL IST AUS!»

SONG No. 15

(Montag, 30. März)

Als ich mich heute Morgen nach einer durchwachten Nacht zum Schreibtisch schleppe, sitzt da schon Iggy auf meinem Stuhl und deutet auf mein Dossier. Ich weiss, was jetzt kommt. Deshalb die schlaflose Nacht.

«Die Idee gefällt mir, nur damit du's weisst!», sagt Iggy.

«Aber das Spiel ist aus!»

Ich denke fieberhaft darüber nach, was ich noch erwidern könnte, aber mir fällt nichts mehr ein. Game over.

Wir spielen das Spiel schon seit einer ganzen Weile. Es fing mit einer zündenden Idee an. Was grundsätzlich noch nichts heissen muss. Ich arbeite am Theater, und am Theater ist immer die Rede von zündenden Ideen, wenn Projekte beworben werden müssen. Aber diese Idee fanden wir wirklich gut. Wir fanden sie so gut, dass wir sie beim Basler Fachausschuss für Tanz und Theater einreichten, um Finanzierungshilfe zu beantragen.

«Meine Damen und Herren», schrieben wir den Fachausschuss an, «aufgemerkt! 'Judas on tour', das dürfen Sie nicht verpassen! Der Mann hat uns etwas zu sagen! 'Judas?' fragen Sie. 'Der Judas? Der olle Verräter?' 'Kein Verräter', sagen wir, 'ein Whistleblower! Ein Whistleblower mit einer Message, die viral gehen muss! Dieser Mann ist ein Rebell, der Zeit seines Lebens falsch verstanden wurde!»

Es ging also schon um Bad Boys, da war Iggy noch gar nicht Teil des Spiels. Damals, im normalen Leben, da beschäftigten wir uns mit notorischen Lügnern, die Präsidentenämter bekleiden, und mit weggesperrten Wahrheitssuchenden, mit den Julian Assanges und Chelsea Mannings dieser Welt. Als einen solchen wollten wir unseren Judas präsentieren, als eine Art Whistleblower-Prototyp.

«Es geht um die Mechanismen der Meinungsbildung, um medialen Alarmismus, um den Umgang mit der vermeintlichen Wahrheit. Wissen Sie, weshalb Sie glauben, was Sie glauben? Können Sie unterscheiden zwischen Fake News und Fakten, und wenn ja, wie? Es liegt ein unsichtbares Gift in der Luft, und Judas bringt Ihnen die Entgiftungskur! Ein Thema von grosser Aktualität und Brisanz! Über eine wohlwollende Prüfung unseres Dossiers würden wir uns freuen.»

«Na schön, wir prüfen», antwortete der Fachausschuss. «Wenn ihr uns folgende Fragen beantwortet: Wann wollt ihr das spielen? Wo wollt ihr das spielen? Für wen und für wie viele? Wie lautet euer Werbekonzept? Und: Was kostet das alles?»

Die ersten drei Fragen lassen sich grundsätzlich wie folgt beantworten, wenn man eine kleine freie Theaterproduktion betreibt: Spielen wollen wir, sobald man uns lässt, wo man uns lässt und für jeden, den das interessiert. Im Inszenierungskonzept haben wir das natürlich ein bisschen gehaltvoller formuliert, aber wahr ist: Wir sind, wie gesagt, eine kleine freie Theaterproduktion. Wir nehmen, was wir kriegen können.

Immerhin, es durfte noch gespielt werden, als wir den Fachausschuss anschrieben. Es war Mitte Februar, grössere Veranstaltungen waren noch nicht verboten.

«Wir spielen für ein Publikum von maximal siebzig Personen», erläuterte ich unser Konzept im Detail. «Das klingt exklusiv, das ist uns bewusst, aber wir legen Wert auf Intimität. Wir möchten, dass die Zuschauenden sich von unserem Schauspieler persönlich angesprochen fühlen.»

Ich bin im Nachhinein sicher, dass Iggy mir in diesem Moment bereits über die Schulter schaute und sich über die 'exklusiven siebzig Personen' kaputtlachte. Jedenfalls hatte ich damals beim Schreiben schon so ein merkwürdiges Gefühl.

Ich schob es auf den Kunstgriff, 'bewusst' ein reduziertes Publikum ansprechen zu wollen, denn natürlich füllt man als kleine freie Produktion keinen Stadttheatersaal, und fuhr mit meinen Ausführungen fort:

«Zu unserem Werbekonzept: Da setzen wir auf den Streueffekt unserer Crowdfunding-Aktion. Wir haben einen wahnsinnig witzigen Videotrailer geplant, den wir in den nächsten Wochen drehen und publizieren werden. Und nun zum lieben Geld: Ein Drittel der budgetierten Summe fällt auf den Fachausschuss, den Rest generieren wir über Stiftungen und über besagtes Crowdfunding.»

Bis dahin hatte Iggy sich unsere Bemühungen kommentarlos angeschaut, nun wurde es ihm zu langweilig.

«Lass uns ein Spiel spielen!», sagte er und zauberte Corona aus dem Hut.

«Und jetzt?», wollte ich wissen. «Wie geht das Spiel weiter?» Iggy grinste.

«Kennst du Jenga?»

Ich bin sogar ziemlich gut in Jenga. Ich nahm die Herausforderung an. Iggy zog uns als erstes den Stein 'Versammlungsfreiheit' aus dem Turm.

«Lieber Fachausschuss», korrigierte ich unser Anschreiben, «da sich neuerdings nicht mehr als fünfzig Personen an einem Ort versammeln dürfen, spielen wir neu nur noch für maximal neunundvierzig Personen. Dem von uns beschriebenen Intimitätsgedanken kommt das natürlich entgegen!»

Fingerübung! Voller Zuversicht schrieb ich die ersten Stiftungen an. Iggy antwortete mit Grenzschliessungen.

Ich korrigierte erneut:

«Lieber Fachausschuss, da wir ein multinationales Team sind und reisen sich für uns im Moment schwierig gestaltet, müssen wir leider auf den Dreh des geplanten Videotrailers verzichten. Die Crowdfunding-Aktion wird auf unbestimmte Zeit verschoben und hat leider keinen Streueffekt mehr, auch keinen monetären. Statt eines Drittels entfällt deshalb neu die Hälfte des eingeplanten Produktionsbudgets auf euch. Wir hoffen, das ist okay.»

«Na, da wackelt er doch zum ersten Mal, der Turm», sagte Iggy zufrieden. «Dann lass uns doch das Versammlungsverbot nochmal massiv verschärfen!»

Wenn du das Versammlungsverbot verschärfst, dann spinnen wir den Intimitätsgedanken weiter und spielen neu nur noch für höchstens vier Personen gleichzeitig. Für den Zuschauer generieren wir damit ein ultimativ persönliches Erlebnis. Eventuell schlägt sich das etwas in den Ticketpreisen nieder.

«Okay», kicherte Iggy, «nächstes Klötzchen: Die Stiftungen schreiben zurück und müssen euch leider mitteilen, dass sie sich in Auflösung befinden und keine Gelder mehr sprechen können!»

Wenn die Stiftungen sich erledigt haben, dann entfallen eben 100% des Budgets auf den Fachausschuss. Schwierig, aber immer noch machbar!

«Dann kommt jetzt die Ausgangssperre!», krähte Iggy.

Ausgangssperre... Ausgangssperre... Wir spielen und senden aus dem Wohnzimmer, bei einem Einpersonenstück ist das ja möglich. Das Budget reduziert sich so natürlich massiv, gute Nachricht für den Fachausschuss!

«Gut, dann sage ich: Mundschutzpflicht! Wie wollt ihr so probieren?»

Wir machen ein Hörspiel daraus!

«Der Fachausschuss hat sich aufgelöst!»

So ein Blödsinn! Das hast du dir doch jetzt ausgedacht!

«Selbst wenn. Der Turm ist umgefallen, und weisst du auch, weshalb?»

Nein!

«Dann denk nach!»

Ich dachte nach, eine schlaflose Nacht lang, und dabei wurde mir klar, dass Iggy gewonnen hat.

«Das Spiel ist aus», sagt er jetzt, als ich mich übernächtigt zum Schreibtisch schleppe, um das Anschreiben an den Fachausschuss endgültig in die Tonne zu treten. Nicht aus formalen Gründen. Wir hätten tatsächlich auch ein Hörspiel daraus gemacht, wenn es nicht anders gegangen wäre.

«Hier», sagt Iggy und deutet auf das Dossier. «Lies nochmal!» Aber ich muss gar nicht lesen, ich kenne die Passage auswendig. Die Passage, die unsere zündende Idee beschreibt. Die Schlagwörter kommen mir unangenehm vertraut vor: Medialer Alarmismus. Der Umgang mit der vermeintlichen Wahrheit. Ein unsichtbares Gift, das in der Luft liegt. Eine Message, die viral geht.

Wer braucht dafür schon Judas, wenn er Corona haben kann?

«ICH MUSS GAR NIX!»

SONG No. 16

(Dienstag, 31. März)

D raussen ist es grau. Draussen ist es kalt. Draussen ist es leer. «Aber du musst!», sagt eine Stimme. Es ist für einmal nicht Iggys Stimme, aber sie ist nicht minder penetrant. Ach, bitte nicht, denke ich, ich habe für heute keine Sitzung vereinbart! Aber Frau Lieschen, meine Beschäftigungstherapeutin, lässt sich nicht abwimmeln. Sie taucht mit Vorliebe auf, wenn es gerade nicht so läuft. Heute ist ihre Stunde gekommen.

«Du musst!», insistiert sie und stimmt das Lied der geschäftigen Betriebsamkeit an.

Also steh' ich auf, weil ich tatsächlich muss. Und als Nächstes muss ich Kaffee, weil ich sonst nicht wach werde. Währenddessen läuft sich Frau Lieschen schon einmal warm.

«Das musst du gesehen haben», trällert sie, kaum habe ich die Augen richtig geöffnet.

Was denn?

«Die Nachrichten! Die blühenden Magnolienbäume! Den Film über das sprechende Känguru! Die jüngsten RKI-Zahlen! Das Internet!»

«Aber das Internet hab' ich doch schon bis zum Ende durchgeguckt», denke ich.

Ich hole mir neuen Kaffee.

«Das musst du gelesen haben», ruft Frau Lieschen, die im Nebenfach Prokrastination studiert hat.

Was denn?

«Die jüngsten Studien. Alles über ayurvedischen Knoblauch. Gedichte von Rilke. Historische Fakten über Friedrich den Grossen, der seinen Kaffee gerne mit Champagner und mit Senf trank. Steht heute auf Twitter!»

«Na gut», denke ich. «Das mit dem Senf kann ich nachvollziehen. Senf geht immer.»

«Das musst du probieren», flötet Frau Lieschen.

Was denn?

«Schutzmasken selbst nähen! Einfach mal ganz bewusst nichts tun! Sauerteigbrot backen!»

«Wo soll ich denn jetzt Mehl herbekommen?», frage ich mich.

Und einfach mal ganz bewusst nichts tun, wie soll das denn gehen? Ich, wenn ich ganz bewusst versuche, nichts zu tun: Ich denke darüber nach, dass ich nichts tue. Ich denke darüber nach, dass ich darüber nachdenke, dass ich nichts tue. Ich denke, dass ich aufhören sollte, darüber nachzudenken, dass ich nichts tue. Ich denke, dass ich aufhören sollte, zu denken. Ich denke, dass ich mich jetzt auf meinen Atem konzentrieren sollte. Ich konzentriere mich auf meinen Atem. Ich denke darüber nach, dass ich mich auf meinen Atem konzentriere. Ich denke darüber nach, dass ich darüber nachdenke, dass ich mich auf meinen Atem konzentriere...

«Können wir hier jetzt mal weitermachen!», ruft Frau Lieschen.

«Das musst du demonstrieren!»

Was denn?

«Resilienz! Solidarität! Fitness!»

«Aber ich lag doch gestern schon wieder fünf Minuten keuchend auf dem Boden, nachdem ich dieses Killeryoga ausprobiert habe», denke ich.

Killeryoga ist wie Yoga, aber doppelt so schnell und mit Hanteln. Oder so. Ich hab's nicht ganz mitbekommen, weil ich von meiner Schnappatmung abgelenkt war.

«Da musst du auch reingehen», drängelt Frau Lieschen, sie scheint mir heute besonders unnachgiebig.

Wo denn?

«Zu Rosario, da kannst du dir jetzt dein Essen abholen! In deine lokale Nachbarschaftshilfegruppe. Zu Rewe um die Ecke, davor steht jetzt neuerdings ein Aufpasser und lässt nur eine bestimmte Anzahl Leute rein, da kommt fast sowas wie Clubgefühl auf! Ins Museum of the World, das grösste digitale Ausstellungsprojekt, das

es je gegeben hat, dort kannst du dich durch die Epochen scrollen.»
«Ich würde lieber draussen herumtollen», denke ich. Ich kann echt nichts mehr hinter Glas sehen.

«Das musst du doch einsehen[4]», ruft Frau Lieschen.
Was denn?
«Dass du jetzt geduldig sein musst. Dass du über den Dingen stehen musst. Dass du kreativ werden muss. Das du dir selbst helfen musst. Dass du abwarten musst. Dass du...»

«Frau Lieschen, nichts für ungut, aber: Nein, muss ich nicht!»

Es ist kalt draussen. Und grau. Und leer. Ich mag heute nichts müssen. Ausser Kaffee. Und der Wäsche beim Trocknen zuschauen. Und Senf natürlich. Senf geht immer.

---

4 *Frau Lieschens Einwürfe sind inspiriert vom Song 'Ich muss gar nix' von Grossstadtgeflüster*

«PAUSENCLOWN»

SONG No. 17

(Mittwoch, 1. April)

Aprilscherze damals: Schwesterchen steht mit gepacktem Schulranzen vor meinem Bett und fuchtelt aufgeregt vor meinem Gesicht herum.

«Aufwachen, du hast verschlafen! Du verpasst deine Prüfung!» Dabei ist Sonntag.

Paps stopft die damals noch mechanische Türklingel mit Zeitungspapier aus. Jetzt können die Nachbarskinder Klingelstreich spielen, so lange sie wollen.

Lehrerin steht am Pult und kreischt. Gummispinne zwischen den Unterlagen. Hundekotattrappe auf dem Stuhl. Mayo am Schubladenknauf.

Klassenkamerad behauptet:

«Ich habe das letzte Panini-Bild, das dir noch fehlt!»

Schiebt es mir ganz langsam unter seiner Hand verdeckt herüber. Zieht dann die Hand weg. Auf einem grabbeligen Zettel streckt mir ein Smiley die Zunge heraus.

Hausarzt klaubt mir mit der Pinzette Kieselsteinchen aus dem Gesicht, weil mir auf dem Schulhof jemand die Schnürsenkel zusammengebunden hat.

Aprilscherze waren schon damals nicht mein Humor.

Aprilscherze heute: Überflüssig. Wir haben ja Iggy Flop.

«Auf Corona-Scherze soll dieses Jahr verzichtet werden», empfiehlt das Gesundheitsministerium.

«Ach, Leute, kommt!», ruft Iggy. «Ihr geht doch zum Lachen sonst schon in den Keller!»

«Gerade Krisenzeiten brauchen Scherze, weil sie ohne sie nicht zu ertragen sind», widerspricht die TAZ. «Bedenklich ist ein gesellschaftliches Klima, in dem ein Ministerium Empfehlungen zum Humorverzicht ausspricht[5].»

«Sag' ich doch!», pflichtet Iggy bei.

---

5 *«Nur mit Humor zu ertragen», TAZ Online, 1. April 2020*

«Wir lassen uns gerne in den April schicken», schreibt der Tagesspiegel. «Alleine, um den desaströsen März loszuwerden![6]»
Aprilscherze heute: Bizarr.

In Berlin lecken Jugendliche U-Bahn-Haltestangen ab, als 'Corona-Challenge'.

Die AfD spricht sich dafür aus, die Grenzen zu öffnen, für 40'000 Gastarbeiter aus Osteuropa. Die Würde des Spargels ist schliesslich unantastbar.

Abmahn-Anwälte, die im Homeoffice offenbar gerade zu viel Freizeit haben, verschicken Bussbescheide an Näherinnen, weil die ihre ehrenamtlich in Heimarbeit hergestellten Gesichtsmasken mit dem Attribut 'Schutz' weitergegeben haben.

Wie, das waren alles gar keine Aprilscherze?

«Das war jetzt schon sehr subtil von mir, das musst du zugeben!», sagt Iggy. «Du magst doch subtilen Humor!»

Für einen kurzen Moment wünsche ich mir die alte Furzkissen-Veräppelkultur wieder zurück, aber nur, bis ich mir vorstelle, wie das konkret aussehen würde, 80er-Aprilscherze kombiniert mit Corona: Schwesterchen steht mit gepacktem Schulranzen vor meinem Bett.

«Aufwachen, du hast verschlafen! Du verpasst deine Prüfung!»
Dabei ist Ausgangssperre.

Paps braucht die Türklingel nicht mit Zeitungspapier auszustopfen. Es kommt sowieso niemand klingeln.

Lehrerin ist im Homeoffice. Gummispinnen und Hundekotattrappen setzen zuhause Staub an.

Klassenkamerad behauptet:
«Ich habe die letzte Rolle Klopapier...»

Das ist wirklich eine ganz flache Kurve! Die Nummer mit den Schnürsenkeln erübrigt sich ebenfalls, Corona hat die ganze Welt verknotet.

---

6 *«Aprilscherz fällt dieses Jahr aus», Tagesspiegel Online, 1. April 2020*

Ich lasse die Gedankenspielchen und gehe mir die Beine vertreten.

«Ich schicke dieses Jahr niemanden in den April», höre ich eine Frau im Vorbeigehen sagen. «Den meisten von uns ist doch sowieso nicht zum Lachen zumute!»

«Ach, doch!», sagt Iggy. «Seid doch nicht so eindimensional! Humor ist, wenn man trotzdem lacht, oder wie war das nochmal, neulich im Park...»

Das war eine Lachattacke, davon habe ich mir einen üblen Rippenfellmuskelkater geholt. So viel zu Iggys Verständnis von subtilem Humor.

Als ich darüber nachdenke, wann ich mich zum letzten Mal auf wohltuende Weise kaputtgelacht habe, kommt mir Peter Shub in den Sinn. Peter Shub ist professioneller Comedian und macht Humorsachen für Leute wie mich. Er hat ein ziemlich seltsames Verhältnis zu Gegenständen. Er spricht nicht viel. Und er hat so eine verhuschte 'Doch nicht dafür!'-Attitüde, wenn die Leute klatschen. Die finde ich am lustigsten. Wenn die Leute am lautesten toben, setzt er sein 'Ich geh dann lieber mal wieder'-Gesicht auf. Und dann geht er. Um wiederzukommen und in die Runde zu winken, wenn alle schon aufgestanden sind und sich auf den Heimweg machen wollen.

«Das muss ich mir merken!», sagt Iggy. «Das ist eine Pointe ganz nach meinem Geschmack!»

Als ob jemand freiwillig in deine Show kommen und für dich klatschen und toben würde, denke ich. Du hast keine Ahnung, wie man Menschen abholt, im Gegensatz zu Peter Shub.

Peter Shub ist ein guter Abholer, und als er mich neulich gefragt hat, ob ich gerne an einem seiner Humorworkshops teilnehmen möchte, da bin ich nicht weit weggerannt, wie ich es normalerweise tun würde, weil sich mir nur schon bei der Kombination aus 'Humor' und 'Work' die Zehennägel aufstellen. Da sehe ich Clowns vor meinem inneren Auge, die sich Torten ins Gesicht schmeissen lassen, das hat mich schon als Kind zum Weinen gebracht. Die Arbeit eines Clowns, das war mir damals schon klar, ist harte Maloche, und die Vorstellung, dass es am Ende der Arbeit weh tut und niemand lacht, die finde ich herzzerreissend und grausam.

Die Einladung zu Peters Workshop kam ein bisschen anders daher: Er wollte die 'Büchse der Pandora' meiner kreativen Inspiration öffnen. Das klang entwaffnend unvorbereitet. Weniger nach: «Du musst dich wahnsinnig anstrengen, und am Ende kannst du froh sein, wenn jemand lacht!» Mehr nach: «Keine Ahnung, ob das etwas wird. Lass uns mal alles in eine Schüssel schmeissen und schauen, was beim Backen passiert!»

Das interessierte mich. Aber dann wurde der Workshop abgesagt. Dann kam eine andere Büchse der Pandora dazwischen.

Wie auf's Stichwort geht bei mir eine Nachricht ein: Drei weitere Bekannte sind positiv auf Corona getestet. Die Freundin, die mich bei Rosario noch in den Arm genommen hat, die uns den ersten Besuch 2.0 abgestattet und uns von Gehsteig zu Balkon fröhlich zugeprostet hat, ist jetzt mit schweren Atembeschwerden auf dem Weg ins Krankenhaus.

«Na?», winkt Iggy von der Bühne. «Wolltet ihr etwa schon gehen?»

Meine Torte trifft ihn völlig unvorbereitet und stopft ihm für heute das Maul.

Das kommt davon, wenn man das Prinzip nicht verstanden hat. Bei einem guten Gag denkt das Publikum zu Ende, was der Komiker gar nicht aussprechen muss. Du magst dir den Teig aus dem Gesicht wischen, Pausenclown, aber du hast hoffentlich kapiert, dass ich nicht in der Stimmung bin für schlechten Humor.

Aprilscherze heute: Ihr geht dann mal lieber!

«PIZZA CONNECTION»

SONG No. 18

(Donnerstag, 2. April)

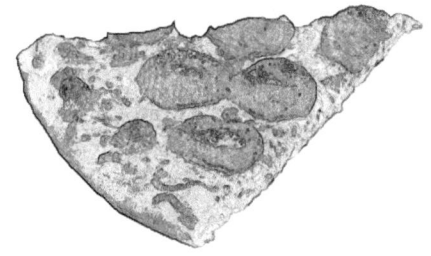

Was kochen wir denn heute Abend?» Während ich über dieser Frage grüble, stecke ich die orangefarbene Kochschürze, von deren Existenz ich bis vor drei Wochen nur an der Peripherie meines Bewusstseins geahnt habe, zum x-ten Mal in die Waschmaschine. Sie ist seit drei Wochen ununterbrochen im Einsatz, gestern in der gärtner'schen Pâtisserie, die produktiv ist, aber mässig erfolgreich. Noch landen die Eier öfter auf der Schürze als in der Backform, genau wie das Mehl und die Schokolade. Deshalb ist in der gärtner'schen Pâtisserie ständig Waschtag.

«Koche ich irgendwas mit Fleisch?», grüble ich. «Oder mit Fisch? Jedenfalls nicht schon wieder Kartoffeln!»

Ich sehe der Buntwäsche in der Trommel dabei zu, wie sie sich zu einem rot-gelb-orangefarbenen Strudel eindreht, und bekomme plötzlich Lust auf Pizza.

«Pizza?», mault Iggy. «Hast du nicht gesagt, du willst kochen?» Er hat nicht unrecht. Niemand sagt: «Ich koche heute Pizza.» Pizza 'schiebt man sich in den Ofen', damit ist in der Regel das Fertigprodukt aus der Packung gemeint. Bestenfalls 'macht' man sie, indem man einen Fertigboden aus dem Supermarkt mit selbst geschnibbelten Zutaten belegt.

Keinesfalls aber 'bäckt' man Pizza, das darf nur behaupten, wer den Teig selbst herstellt, also niemand.

Die gemeine Hauspizza ist das kulinarische Stiefkind unter den selbstgekochten Gerichten. Sie schmeckt in der Regel ganz gut, wird aber eher so beiläufig weggegessen. Der Stolz der Küchenhelden auf gemeisterte Gerichte bleibt ihr verwehrt, sie fristet ein stiefmütterliches Dasein im Schatten glamourös ausgefochtener Kochschlachten.

Ich habe schon ewig keine Pizza mehr 'gemacht'. Wozu auch? In unserem Kiez gibt es an jeder Ecke einen Laden, der behauptet, die beste Pizza Berlins zu verkaufen. Behauptete. Welcher Laden Recht hatte und welcher nicht - ich werde es vielleicht nie erfahren. Die Pizzaioli sitzen zuhause, die Steinöfen sind kalt.

«Ach, du glaubst wirklich, dass das Steinöfen sind», stichelt Iggy, «nur weil es auf der Karte steht? Aber du hast ja auch geglaubt, 2020 bedeute Doppelgold, nur weil es auf der Karte stand, hahaha.»

Ich wedle ihn zur Seite und blättere in meinem Rezeptbuch:
Blumenkohlauflauf. Viel Geschnibbel, hohes Fingerverbrennpotential, danach ist der Mixer ölig.
Linsensuppe. Auch viel Geschnibbel, zeitintensiv, und aus irgend einem Grund ist am Ende immer Suppe für eine halbe Fussballmannschaft übrig.
Fondue. Geht schnell. Aber der Käsegeruch.
Leber mit Kartoffelstampf. Das Mehl zum Wenden klebte beim letzten Mal noch Tage später in allen Ritzen.
Raclette. Geht schnell. Aber der Käsegeruch.
Chili con Carne. Muss stundenlang köcheln, nichts für den schnellen Hunger. Und dann die Chilifingerfalle, gefolgt von minutenlangem Augenauswaschen.
«Das hast du davon, dass du dir trotz gegenteiliger Verordnung immer noch ins Gesicht fasst!», kräht Iggy.
Ach, iss ein Snickers und verzieh dich!

Küchenschlacht oder Lüftzwang, sagt mein Rezeptbuch, und die Lust zum Kochen ist mir ohnehin vergangen. Also wird es doch die gemeine Hauspizza.
«Schnell», schreibe ich die Familie an, «der Ofen ist schon an. Mozzarella drauf oder drunter?»
«Drunter!», schreibt Silja.
«Drauf!», schreibt Lena zeitgleich.

Die Meinungen bleiben gespalten:
«Mozzarella über die Tomatensauce. Alles andere verbietet doch jeder italienische Verstand!»
«Logisch über die Tomatensauce, aber nicht über die anderen Zutaten!»

«Wir haben ihn früher beim Selbstbelegen immer oben draufgetan.»

«Untendrunter ist so, als würde ich mir erst die Schuhe anziehen und dann die Sauce.»

«Bitte? Das versteh' ich nicht!»

«Hose. Ich meinte Hose, nicht Sauce.»

Ich bin noch nicht schlauer. Fotos von belegten Pizzen machen die Runde.

«Auf den Restaurant-Pizzas ist der Mozzarella jedenfalls immer unter der Salami», stelle ich fest.

«Aber dann zerläuft er doch nicht so schön über den Zutaten!» widerspricht Mama und schickt auch ein Bild:

«Schau mal, da sind nur noch die Gewürze oben drauf!»

«Mama!», schreibe ich zurück. «Das ist eine Pizza Margherita!»

«Hast du den Teig selbst hergestellt?»

Wer tut denn sowas? Ich lasse die Frage unbeantwortet.

Wir kommen kurz vom Thema ab, eine Pizza mit Schinken, Zwiebeln und Gorgonzola wird in den höchsten Tönen angepriesen. Die Resonanz: Verhalten.

«Warum mag eigentlich nie jemand Gorgonzola?», wundert sich Iggy. Na, denk mal nach, Stinkstiefel!

Mittlerweile beschäftigt meine Frage auch Facebook und Twitter. Elch-Wiesel schreibt:

«Wenn du den Käse AUF den Belag machst, entsteht eine Käse-Belag-Matte, die auf der Tomatensosse rumrutscht.»

Käse-Belag-Matte, das klingt genauso unappetitlich wie die Debatte über den richtigen Salamibelegungszeitpunkt, die nun entbrennt.

«Das Fett muss zerfliessen», wird mir gesagt, und: «Belegst du zu früh, verbrennt die Wurst. Belegst du zu spät, ist sie nur angewärmt, und angewärmte Salami schmeckt nach Seife!»

Damit hat sich für mich eines der ganz grossen Mysterien der Neuzeit geklärt: Weshalb Salami auf der Pizza manchmal seifig schmeckt.

Bitte, liebe Kochbubble, gern geschehen!

Die 'Causa Mozzarella' wird zur kulinarischen Glaubensfrage, und die gemeine Hauspizza kommt unverhofft doch noch zu ihren fünfzehn Minuten Ruhm. Und es sind ziemlich genau fünfzehn Minuten, danach ist sie auch schon wieder aufgegessen.

Der vielleicht sinnigste Kommentar zum Thema trudelt bei mir ein, da bin ich bereits beim Küchenputz:

«Mozzarella nie auf den Ofen drauf!»

Dem ist nichts mehr hinzuzufügen, ausser, vielleicht, ein kleiner Verdauungsschnaps. Chin chin. Case closed.

«MEHR LAMETTA»

SONG No. 19

(Freitag, 3. April)

Schlaflosigkeit. Die Sorge um Freunde hält uns wach. Die Worte darüber sind aufgebraucht, sie haben uns nur im Kreis herumgeführt. Eine Kerze brennt, wir halten uns an der Hoffnung fest, es möge nicht noch schlimmer werden. Die Schlaflosigkeit bleibt. Der Fernseher wird an- und wieder ausgeschaltet, die Worte daraus führen auch nur im Kreis herum.

Und selbst Iggy ist verstummt. Wenn er da so stillschweigend irgendwo im Halbschatten lauert, dann finde ich ihn am bedrohlichsten.

«Komm, wir machen einen Spaziergang», sage ich zu Claus, aber hinaus in die leere Nacht? Wenn am Ende der Strasse eine Kneipe lockte, ja. Aber so?

Ich tigere in der Wohnung herum und bleibe vor einem Flüchtigkeitsbild stehen. Flüchtigkeitsbilder sind wie Hintergrundmusik – man nimmt sie wahr, aber nur peripher. Es gibt in dieser Wohnung unwahrscheinlich viele Flüchtigkeitsbilder, fällt mir auf.

Das mag daran liegen, dass die Wohnung im Grunde ein kleines Bilderlager ist. Schuld daran ist der legendäre Wolfgang Caesar Maria Schäfer, zu Lebzeiten König der Sammler, von Kunst und allen schönen Dingen. Er hortete alles in seiner Gallerie 'Kant 28', Bilder, Lampen, Möbel, Accessoires. Sein eigenes Lager wurde ihm irgendwann zu klein, und so fing er an, Möbel und Kunst in die Wohnungen seiner Freunde auszusortieren. Als wir vor vielen Jahren nach Berlin umzogen, schlug er vor, er könne uns doch ein Bett ins noch leere Schlafzimmer stellen:

«Damit ihr nicht auf dem Boden schlafen müsst!»

Damit waren wir sehr einverstanden. Als wir einige Tage später in Berlin ankamen, war die Wohnung komplett eingerichtet, kunstvoll, in Perfektion, bis ins letzte Detail. Sogar den Kühlschrank hatte Wolf gefüllt, mit den erlesensten Delikatessen und mit Jahrgangs-Champagner.

«Was man eben so braucht», sagte er und verstand gar nicht, worüber wir uns wunderten. Der extravaganteste und teuerste Kühlschrankbefüllungsservice unseres Lebens.

113

«Claus!», rufe ich, immer noch vor dem Flüchtigkeitsbild stehend. «Was hat es mit diesem Schinken nochmal auf sich?»

«Dieser Schinken», sagt Claus, neben mich tretend, «ist eines der Frankfurtbilder von Max Beckmann. Als wir die Serie noch drehten, da wollten die Produzenten dem Anwalt so ein schickes Frankfurt-Panorama in die Kanzlei hängen. Aber ein Original konnten wir uns natürlich nicht leisten. Also hat unser Ausstatter das dann kurzerhand nachgemalt.»

Wir haben also bei uns im Flur einen falschen Max Beckmann hängen! Jetzt habe ich doch Lust auf einen Spaziergang. Auf einen Bilderspaziergang.

Wir spazieren also, zu einem Langfeldt, einem lokalen Gewächs: Rainer Langfeldt, ein Wandergeselle auf unserem Berliner Trampelpfad, ist ein liebenswerter Mensch aus Wolkenkuckucksheim. Mündliche Verständigung mit ihm ist schwierig, weil er im Gespräch grundsätzlich sendet und nicht empfängt, aber seine kreative Verständigung, die hat er perfektioniert. Er ist der Mann der tausend Bilder. Der Mann, der richtig dick aufträgt, im Wortsinn.

Wir stehen vor einem seiner Portraits: Eine Frau, schwarzes Haar, flammend rote Lippen, grüne Wangen, riesige Augen. Energische Linien, fingerdick auf die Leinwand gespachtelt. Die Frau guckt ebenfalls energisch. Claus sagt, das sei ich, deshalb hängt das Bild, wo es hängt. Ich sehe die Ähnlichkeit weniger, aber ich mag den Blick. Er hat einen Anflug von «Redest du mit mir?» und führt dazu, dass ich die Schultern gerademache, wenn ich es anschaue. Das kann ja im Moment nicht schaden.

Wir spazieren weiter: Da hängt noch ein Gesicht, eine Lithographie von Brecht, sein Blick genau am anderen Ende der Stimmungs-Skala. Die Lider gesenkt, das Antlitz von gütiger Milde überzogen, scheint er zu sagen:

«Was soll's!»

Auch das kann nicht schaden.

Wir bleiben stehen, vor indischen Elefanten, filigran hingetuscht, in Schwarz und Gold.

«Schau mal», sagt Claus, «die tragen ja Fussketttchen. Und kleine Häubchen auf dem Kopf!»

Wir lachen und spazieren natürlich weiter zu den Vögeln, weil die auch so lustig sind. Sie sitzen zu zweit auf einem Balkongeländer, zusammengeflickt aus bunten Quadraten. Der eine schaut versonnen in die Ferne, der zweite wendet den Kopf leicht nach links, als würde er jemandem etwas zurufen, der unten auf der Strasse steht.

Es ist das einzige Nicht-Flüchtigkeitsbild, wir betrachten es gerne und oft. Weshalb, liegt auf der Hand. Der in die Ferne schaut und der mit dem Nachbarn Quätschchen hält, zusammengeflickt aus bunten Quadraten - mir war schon immer klar, wer die beiden Vögel sind. Es ist nicht einmal sonderlich schwer, herauszufinden, wer wer ist.

Ich habe manchmal einen kleinen Mary Poppins-Moment, wenn ich die Vögel betrachte. Als könnte ich ins Bild springen und für einen Moment hinter die starren Farben schauen. Viel passiert da in der Regel nicht. Die beiden sitzen und gucken. 'Der in die Ferne schaut' ist ein bisschen maulfaul, meist führt 'Der gerne Quätschchen hält' das Wort und kommentiert das Weltgeschehen. Diesmal höre ich ihn laut und deutlich sagen:

«Früher war mehr Lametta!»

Die Nacht ist nicht mehr ganz so leer. Am Ende unseres Spaziergangs hat zwar keine Kneipe auf uns gewartet, aber dafür ist Iggy von der Bildfläche verschwunden. Gegen bunte Vögel, die Loriot zitieren, hat er keine Chance.

«EIN KLEINER ZAUBER»

SONG No. 20

(Samstag, 4. April)

Mich zieht es heute in die Gedächtniskirche. Weil ich gestern an Heidi Hetzer denken musste, eine Frau, die Iggy Flop nicht mit Torten beworfen, sondern mit Taten bekämpft hätte. Die hätte sich nicht zuhause weggesperrt und der Dinge geharrt, die da kommen. Wahrscheinlich sässe sie jetzt in ihrem Hispano Suiza oder in einem anderen ihrer rasenden Oldtimer und würde mit Lebensmitteln von Türe zu Türe fahren, so stelle ich mir das vor. Heidi Hetzer, Rennfahrerin, Wohltäterin, Lieblingsfrau. Ihre Abdankung in der Gedächtniskirche war bemerkenswert. Ich habe selten so viele Tränen vergossen. Es waren Lachtränen. Bald ein Jahr ist das her. Deshalb möchte ich heute da hin. Und weil ich die eine oder andere Kerze anzünden möchte.

Ich gehe zu Fuss, auch wenn die Busse noch fahren. Viele Fahrgäste transportieren sie nicht. Der Vordereingang ist gesperrt, der Fahrkartenverkauf beim Busfahrer eingestellt.

Die meisten Geschäfte sind geschlossen, die Schaufenster leergeräumt. Nur die Starbucks-Filialen sind alle geöffnet.

Ich gehe vorbei an Falke.

«Jetzt schau dir das an!», feixt Iggy.

In der Auslage sitzen Schaufensterpuppen in schicken Reiseklamotten vor einer grossen Abflug-Anzeigetafel. 'Travel in Style', steht da, und: 'Falke x Lufthansa'.

«Ein Grounding im Doppelpack!», wiehert Iggy.

Auf einer Litfasssäule bewirbt der Wintergarten seine 'Zweitritts-tickets'. «So geht es weiter, sobald es weiter geht: Sie kaufen das Ticket zum Preis für eine Person und kommen zu zweit.»

Der Ku'Damm ist fast leer. Wer unterwegs ist, flaniert nicht, sondern schreitet zügig aus.

Vor dem Starbucks Ecke Fasenenstraße stehen vereinzelte Kunden. Zwanzig Meter weiter hat ein Obdachloser einen halbvollen Kaffeebecher aus dem Mülleimer gezogen und rührt den Inhalt mit dem Strohhalm selig lächelnd nochmal um. Heidi Hetzer würde, wenn sie das sähe, aus ihrem Hispano hüpfen und rufen:

«Lass das, du willst dich doch wohl nicht anstecken! Ick hab dir 'ne Stulle mitjebracht!»

«Corona ist keine Schmierinfektion», sagt Iggy. Als ob das jetzt etwas zur Sache täte! Schau dich doch mal um! Was siehst du? Nein, ich meine nicht die Menschen, die nicht da sind. Ich meine die Menschen, die da sind. Obdachlose. Sie prägen heute das Strassenbild. Heidi hätte viel zu tun.

Die leergeräumten Ladengeschäfte erinnern mich an herrenlose Hunde in Tierheimen. In den Schaufenstern hängen Hilferufe: «Ich bin ein Lieblingsort. Kaufe unsere Gutscheine!»

Auf der Fahrbahn ist es still. Wo sonst die Motoren der PS-Prahlfritzen im Chor heulen, kommen heute nur vereinzelte Soli zustande. Auf den Inseln zwischen den Fahrbahnen blühen die Osterglocken und die Tulpen, der aktuelle Schuhsohlenmangel verhilft ihnen zu ungekannter Verbreitung.

Ich komme bei der Gedächtniskirche an.

«Liebe Besucherinnen und Besucher», steht an der verschlossenen Türe. «Leider muss auch diese Kirche bis auf weiteres geschlossen bleiben.»

Daran habe ich überhaupt nicht gedacht. Natürlich sind jetzt auch die Kirchen zu.

«Tja», sagt Iggy, «eine Tröpfcheninfektion lässt sich eben auch nicht wegbeten!»

«Wir werden in unserer Kirche regelmässig für Sie und die Menschen in unserer Welt beten und Kerzen entzünden. Ansonsten empfehlen wir Ihnen die Gottesdienste im Radio und im Fernsehen.»

Dann spazieren wir halt noch ein bisschen, wa', Heidi?

Ich gehe vorbei am Europacenter und vermisse etwas. Nein, es sind nicht die Menschen, und ich habe die Tauentzien wirklich noch nie so leer gesehen. Hier drängen sich die Leute an einem Wochenende Kopf an Arsch. Es sind auch nicht die wedelnden Flyer-Verteiler und ihr munterer Ausweichreigen, den sie stets provozieren.

«Digger, was ist los, Digger?», spricht einer in sein Handy, an mir vorbeigehend und dabei eine Aftershave-Wolke hinter sich herziehend, die mir die Sinne vernebelt. Mir fällt wieder ein, was mir am Europacenter fehlte: Der synapsenzertrümmernde Geruch nach Seife aus dem Lush-Laden. Heute riecht hier fast gar nichts.

Ich wechsle die Strassenseite und bleibe verblüfft vor dem KaDeWe stehen. Wo normalerweise die Menschen strömen, versperrt jetzt ein Zaun den Eingang. Ein sehr schöner, schmiedeeiserner, silbern bemalter und mit lukullischen Szenen verzierter Zaun. Neu kann der nicht sein, alt, wie er aussieht, aber für mein Auge ist er neu, ich habe ihn in zwanzig Jahren nie gesehen. Ein kleiner Zauber inmitten der grossen Leere.

Ich kehre um und spaziere zurück, vorbei an Adidas. Auch hier viel unfreiwillige Komik im Schaufenster, Raketen, die Turnschuhe in den Himmel schiessen, der 'Ultraboost 20: Feel the energy!'

«Der nützt euch jetzt auch gerade nichts», denke ich, «man 'feelt' keine Energy. Und die Miete müsst ihr trotzdem bezahlen!»

Die wenigen Menschen, die unterwegs sind, stehen und stehen an roten Fussgängerampeln, obwohl eigentlich kein Auto kommt. Ich frage mich, ob wir das tun, weil Herdentierverhalten etwas Beruhigendes hat, und renne, ganz in Gedanken, beinahe ein grosses Schild um, das mitten auf dem Gehweg steht. Es ist das einzige Schild weit und breit. Eine Apotheke bewirbt darauf Covid-19 Schnelltests. Ich habe Lust, es umzustossen, und gehe schnell weiter.

Im Cinema Paris läuft laut Anzeigetafel der Streifen 'Wir sehen uns wieder', produziert von 'Bleibt gesund'.

Mein Handy bimmelt, aber ich bin abgelenkt: Bei Cartier steht im Schaufenster nur ein leeres weisses Schmuckbrett. Es hat, so ganz ohne Schmuck, einen eigentümlichen, fast skulpturalen Charme. Bei Dolce und Gabbana bewundern die Tiere im Schaufenster leere Handtaschensockel. Und bei Roberto Cavalli wird der vergoldete Paravent, der die weggeräumte Frühlingskollektion schön einrahmen soll, selbst zum goldenen Vlies.

«Ist das jetzt unfreiwilliger Ikonoklasmus?», ätzt Iggy.

Ich schaue doch auf mein Handy.

«Hier darf man noch ins Münster», schreibt meine Freundin Isabelle aus Basel, unter einem Foto von angezündeten Kerzen. Von meinen Plänen, in die Gedächtniskirche zu gehen, wusste sie nichts.

«Zufälle gibt's», würde Heidi jetzt sagen und das wörtlich meinen.

Ich weiss nicht, ob sie gläubig war, auf jeden Fall aber glaubte sie an das Prinzip der uneingeschränkten Freude. Will heissen, sie hätte sich über diesen Zufall sehr uneingeschränkt gefreut. Ich schliesse mich ihr an.

«TOPFSCHLAGEN (Bombay-Mix)»

SONG No. 21

(Sonntag, 5. April)

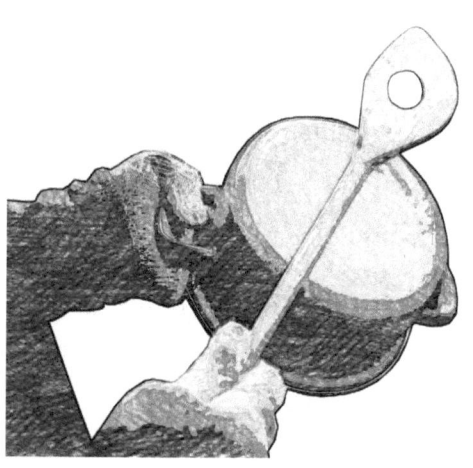

Herr Bärfuss ist wütend. «In der Schweiz, in der sonst alles perfekt funktioniert», schreibt er in einem Gastbeitrag im Spiegel, «ist es offenbar besonders schwierig, in einer Wirklichkeit anzukommen, in der überhaupt nichts mehr funktioniert.[7]»

Das Land sei weder gut noch schlecht, sondern überhaupt nicht auf das Virus vorbereitet:

«Die Ausbreitung der Krankheit ist hierzulande außer Kontrolle geraten.»

Ich hätte diesen Beitrag womöglich gelesen und gleich wieder vergessen. Allerdings habe ich ihn gelesen und danach mit Silja telefoniert, und in diesem Zusammenhang ist er mir dann eben doch wieder eingefallen.

Die Verbindung nach Bombay ist erstaunlich gut. Wir reden erst über Tomatensaft.

«Man braucht wahnsinnig viele Tomaten für ein kleines bisschen Saft», sagt Silja. «Zwei Tomaten geben überhaupt nichts her. Und dann ist mir eingefallen, dass wir sowieso keinen Wodka haben. Ich habe dann versucht, den Tomatensaft mit Whisky zu mischen, wir hatten neulich in einer Bar mal eine sehr gute Bloody Mary mit Whisky. Aber bei mir kam am Schluss nur so eine braune Brühe dabei 'raus. Die hab ich dann gleich wieder weggekippt.»

Jetzt bleibt nur der gute Rum, vielfach verdünnt, als Feierabendbier-Ersatz, denn Bier gibt es in Bombay nicht mehr zu kaufen, und auch sonst nirgendwo in Indien. Weil Bier nicht zu den Lebensgrundlagen gehört. Weil Indien ein viel grösseres Problem hat als Bier.

«Am 24. März hat Narendra Modi in einer TV-Ansprache einen 21-tägigen Lockdown angekündigt», erzählt Silja, als ich sie danach frage, wie die Corona-Massnahmen denn in Indien greifen. «Er hat mit Bildchen erklärt, was Corona ist und weshalb es den diesen

---

7 *«Das Kapital hat nichts zu befürchten, der Mensch schon», Gastbeitrag von Lukas Bärfuss, Spiegel Online, 24. März 2020*

Lockdown braucht, er hat darauf hingewiesen, dass die Anste-
ckungsgefahr hoch ist und man daran sterben kann. Er hat aber mit
keinem Wort erklärt, dass die Lebensmittelläden geöffnet bleiben
werden, und natürlich auch die Apotheken und die Spitäler. Er sagte, ab Mitternacht sei der Lockdown in Kraft. Die Ansprache dauerte ungefähr eine halbe Stunde. Danach brach im ganzen Land Panik
aus. Alle dachten, sie müssten sich nun für die nächsten drei Wochen eindecken. Erst nach Stunden der Informationslosigkeit ist mit
der Zeit durchgesickert, dass die Geschäfte geöffnet bleiben. Es
wurde eine Liste der weiterhin verfügbaren Lebensmittel herausge-
geben. Modi hat das dann auch noch getwittert, aber wer hat hier
schon Zugang zu Social Media!»

«Mir ist ohnehin ein Rätsel, weshalb sich Despoten so auf Twitter eingeschossen haben», sagt Iggy. «Aber wenn's der Sache
dient...»

Ich will gar nicht wissen, wie er das genau meint.

Die 'Sache', so viel steht fest, ist hier nicht dieselbe wie da: Es ist
ein sehr grosser Spagat, gefühlt und gedacht, von der Schweiz mit
ihren acht Millionen nach Indien mit seinen einskommadrei Milliar-
den. Ein Vergleich bietet sich gar nicht erst an, aber nahe gehen mir
beide Lebenswelten, ich liebe Indien, ich kenne Indien ziemlich gut,
und ich wundere mich, dann doch Parallelen ziehend, über absurde
Dinge, die hier wie da passieren, und ich staune über Gemeinsam-
keiten.

Zum Beispiel über das Gefühl, nicht informiert zu werden. Herr
Bärfuss beklagt in seinem Artikel, die eidgenössische Politik verfol-
ge eine Strategie der maximalen Eindämmung:

«Nicht von Covid-19, sondern der Information über das, was in
den nächsten Tagen und Wochen auf die hiesige Bevölkerung zu-
kommen wird.»

«Ich lach' mich tot!», ruft Iggy. «Ihr scheisst euch doch gegenseitig zu mit Corona-Infos! Welche stimmen und welche nicht, ist
natürlich ein anderes Thema.»

Ich fühle mich, Polemik hin oder her, auch eher überinformiert und staune ein bisschen darüber, dass Herr Bärfuss das Gefühl hat, es brauche Mut, den Blick nach Süden zu wenden.

«Den Blick nach Süden wenden?», ruft Iggy. «Die Politik und ihre Medien sitzen sich auf Italien doch seit Tagen den Hintern platt! Schau mal: Mutige Zeitung! Mutiges Fernsehen! Mutiges Internet! Mut, ich erkenne nichts als Mut!»

Dass polemisch vorgetragene Kommentare ein gefundenes Fressen sind für Iggy und seine Krachband, war zu befürchten, aber mutlos finde ich die Schweizer Politik nun wirklich nicht. Allenfalls ein bisschen wunderlich. Ich habe mich darüber gewundert, dass die Schweizer Bundespräsidentin, als sie den nationalen Notstand ausrief, sich Sorgen machte um die Wandergruppen. Dass sie sich bemüssigt fühlte, wegen der wegfallenden Ausflüge tröstende Worte ans Volk zu richten. Das ist ein bisschen absurd, aber auch irgendwie rührend.

Absurd, aber überhaupt nicht rührend, ist Siljas nächste Schilderung, und sie hat auch etwas mit Wanderungen zu tun:

«Nachdem sich die erste Panik bei den Upper-Middleclass-Leuten gelegt hat, hat sich ziemlich schnell herauskristallisiert, dass es vor allem die Wanderarbeiter sind, die ihre Lebensgrundlage verloren haben, und das sind immerhin etwa hundert Millionen Menschen in Indien. All die kleinen Geschäfte, wo diese Arbeiter tätig sind, haben von einem Tag auf den anderen zugemacht. Also ist ihnen nichts anderes übriggeblieben als zu sagen: 'Gut, dann gehen wir eben zurück in unsere Dörfer'. Aber der Lockdown heisst eben auch, dass der ganze öffentliche Verkehr eingestellt wurde, es fahren keine Busse und keine Züge mehr.

Also fingen tausende von Leuten an, in ihre Dörfer zurückzulaufen, hunderte bis tausende von Kilometern. In der Presse zirkulierten Bilder von ganzen Familien mit kleinen Kindern, von alten Leuten, die sich auf dem Weg in ihre Dörfer befinden und dabei teilweise auch um's Leben gekommen sind. Menschen, die jetzt immer noch unterwegs sind, die keinen Zugang haben zu Essen, zu Unterkünften, zu nichts. Ein Riesenelend ist losgebrochen, und die Regierung hat sich nichts dazu überlegt, kein Auffangnetz, nichts.»

Was sich die Regierung statt dessen überlegt hat: Religiöse Augenwischerei. Sie fordert die Menschen zu Pseudoaktionen auf, sie sollen jeweils am Montagabend um neun genau neun Minuten lang die Lichter löschen bei sich in den Wohnungen und eine Kerze anzünden. Sie sollen mit Kellen auf Töpfe schlagen. Und so die bösen Geister vertreiben.

«Erinnert mich irgendwie an klatschende Menschen auf Balkonen», kichert Iggy.

«Die Leute, die das bei uns toll finden, sind zu einem grossen Teil Angehörige der Mittelschicht», erzählt Silja. «Ich habe eine Freundin, die mit Kindern in Slums zusammenarbeitet und in regelmässigem Kontakt steht mit ihnen, und dort schlägt keiner mit Kellen auf Töpfe. Und es löscht auch keiner um neun das Licht. Jene, die überhaupt Elektrizität haben, sind froh darum. Soviel zum Thema 'We are united'. Ein grosser Teil der Bevölkerung hat damit überhaupt nichts am Hut.»

Ich muss wieder an die klatschenden Menschen denken – und an die Menschen, die darüber wütend sind. Es sind in diesen Tagen viele Menschen wütend. Herr Bärfuss ist wütend über die 'suizidale Sorglosigkeit' der Schweiz. Andere Menschen sind wütend über solche Wortmeldungen.

«Um das Vorstellungsvermögen von Lukas Bärfuss ist es nicht gut bestellt», schreibt der Schriftsteller Patrick Tschan. «Ansonsten hätte er mehr Respekt und Demut gegenüber den zigtausend Menschen gezeigt, die in der Schweiz bis zur Erschöpfung pflichtbewusst ihre Arbeit verrichten.[8]»

«Wer hier bei uns wirklich anpackt», sagt Silja, «sind die NGO's und die 'On the Ground'-Organisationen, die Hilfspakete mit Lebensmitteln, Seife, Schutzmasken und Desinfektionsmittel verteilen,

---

8 *«Der instrumentalisierte Dampfplauderer Bärfuss», BAZ, 2. April 2020*

in den Städten, in den Dörfern, in den Slums. Wenn die Regierung ihren Job nicht macht, sind es die NGO's, die gefragt sind.»

Zwischen den Regierungen in der Schweiz und in Indien lässt sich kein Vergleich ziehen. Aber diese Menschen, die bis zur Erschöpfung ihre Arbeit verrichten, die gibt es hier wie da. Und sie haben hier wie da eine Wut im Bauch, über Augenwischerei, über Ungereimtheiten, über Dinge, die nicht da ankommen, wo sie sollen. Es bleibt eine Gratwanderung.

«Soll es doch auch», sagt Iggy mit gebleckten Zähnen, «kriegt euch nur hübsch in die Haare!»

Mir stellen sich die Nackenhaare auf.

«Die Leute sollen ja meinetwegen klatschen», sagt Silja, und ich bin froh, dass sie das sagt, denn dass der Applaus, dieses Zeichen der Anerkennung, gerade so in Verruf gerät, macht mich traurig, und die wachsende Wut der Menschen macht mir Angst.

«Sie sollen auch beten und auf Töpfe schlagen. Solange an den richtigen Stellen parallel endlich die nötigen Massnahmen ergriffen und umgesetzt werden!»

So sehe ich das auch. Und ich bleibe ein Kind des Theaters, das überzeugt ist: Applaus tut nicht nur deshalb so gut, weil er den Beklatschten Anerkennung zollt. Er vertreibt auch die eigenen Geister.

«HEIMWEH NACH HELVETISMEN»

SONG No. 22

(Montag, 6. April)

Es gibt in diesem Jahr jetzt schon so viele Unwörter wie in den ganzen letzten Dekaden nicht mehr. Systemrelevanz. Ausgangssperre. Tröpfcheninfektion. Herdenimmunität. Durchseuchung. Toilettenpapier.

Ich kann mich gar nicht entscheiden, welches ich zum Unwort des Jahres wählen würde.

Es gibt in diesem Jahr aber auch viele ausgesprochen schöne Wörter. Heimweh. Frühlingsblüher. Wurzen. Waldgott. Blobfisch.

Ich kann mich gar nicht entscheiden, welches das Schönste ist.

Und dann gibt es noch die Helvetismen. Die sind in diesem Jahr etwas ganz besonderes.

«Ach, jetzt plötzlich?», unkt Iggy. «Normalerweise sind die dir doch peinlich!»

Manchmal, ein bisschen, das stimmt. In Berlin zum Beispiel, wenn ich andere Schweizer nicht nur an ihrer Aussprache erkenne, sondern auch an ihren Helvetismen.

«Du kannst mir ja noch ein Telefon geben», höre ich jemanden sagen und zucke ein bisschen zusammen. Nein, kläre ich den deutschen Gesprächspartner im Geiste auf, dieser Mensch möchte von dir kein Telefon geschenkt bekommen, er möchte angerufen werden. Und noch was: Sollte er dir, wenn du ihn anrufst, von seinen Plänen für den Abend erzählen und sagen:

«Ich gehe mit den Kollegen in den Ausgang», dann sind damit nicht die Arbeitskollegen gemeint, sondern die Freunde, und der Mensch ist auch nicht beim Militär. 'In den Ausgang gehen' bedeutet einfach nur Party machen. Angenommen, er fragt dich, ob du mitkommen willst, angenommen, ihr geht gemeinsam auf eine Party, und angenommen, dort geht plötzlich das Licht aus, dann wundere dich nicht über den Ausruf:

«Oh, da hat es eine Birne geputzt!»

Es geht dabei nicht um saubere Früchte, sondern um geplatzte Glühbirnen.

Ich bin insgeheim ein bisschen stolz darauf, dass mir Helvetismen so gut wie nicht mehr passieren. Ganz zu Anfang, da war das anders, da wollte ich in einer Wiesbadener Metzgerei ein Plätzchen kaufen und erntete irritierte Blicke. Ein Plätzchen ist in der Schweiz eben kein Plätzchen sondern ein Steak. Wo die Deutschen das Fahrrad schieben, da wollte ich das Velo stossen. Auf dem Trottoir statt auf dem Gehsteig. Ich wollte parkieren statt parken, grillieren statt grillen und zügeln statt umziehen. Irgendwann schliff sich das ab, und ich war froh darüber. Helvetismen können etwas Entlarvendes haben. Wenn Arbeitskollegen mich daran als Schweizerin erkannten, verschob sich etwas in ihrem Blick, sie versahen mich wohl innerlich mit einem '-li' und steckten mich in die Schublade 'Putzig, aber etwas wunderlich'. Viele Deutsche finden Schweizer putzig, aber etwas wunderlich. Die Schweizerli. Das Sarah-li.

Das auszog, sich die deutsche Sprache anzueignen. Es gibt nur noch ganz wenige Resthelvetismen, die sich hartnäckig halten.

«Weisst du, wo die Finken sind?», frage ich und provoziere damit bei Claus stets den selben irritierten Blick aus dem Fenster, nach all den Jahren noch. Ich weiss nicht, warum mir die Finken so penetrant auf der Zunge liegen. Vielleicht, weil Finken flauschig klingen, und Hausschuhe steif und unbequem.

Abgesehen davon bin ich assimiliert, ich sage 'Leitungswasser', nicht 'Hahnenwasser', und winde mich ein bisschen, wenn Mama in Berlin im Restaurant fragt, ob man selbiges, das Hahnenwasser, in Deutschland wirklich trinken könne. Ich habe sogar falsch eingedeutschte Dialektbegriffe in meinen Wortschatz aufgenommen. 'Müsli' statt 'Müesli'. 'Co-op' statt 'Coop'. Aus dem Sarah-li ist ein Sarah-ken jeworden.

Doch jetzt hat sich der Wind gedreht, jetzt bin ich von der Wahlberlinerin über Nacht zur Exilschweizerin geworden, jetzt hocke ich hier und merke in meinem Heimweh, was für kleine Schmuckstücke Helvetismen sind. Beim Einkaufen drehe ich plötzlich wieder Randen in den Händen und wiege Nüsslisalat ab, denn zur Roten Bete musste ich mich stets ein bisschen überwinden. Rote Bete, das ist aber auch eine sehr sperrige Umschreibung für etwas, was mit 'Rande' doch so treffend lautmalerisch umschrieben ist: Ratsch, raus läuft der Rübensaft! Rote Rüben, damit wäre ich im Zweifel ja noch einverstanden, aber Bete? Was sind denn Bete? Und: Feldsalat? Jeder Salat ist doch ein Feld-Salat! Nüsslisalat hingegen, der beschreibt doch haargenau, wonach die Blätter schmecken: Nach Nüssen eben!

Lautmalerischer kommen mir Helvetismen vor, sorgfältiger und facettenreicher als ihre deutschen Entsprechungen.
'Hässig', noch so ein Beispiel. Ein Schweizer Autor schreibt heute in einer Zeitungskolumne, ihn mache etwas hässig, und mir fällt dazu einfach kein deutsches Pendant ein. 'Hässig' ist nicht so brachial wie 'wütend', nicht so kleingeistig wie 'sauer' und nicht so ablehnend wie 'genervt'. Ein Facebookfreund bringt 'grätig' als mögliche Übersetzung ins Spiel. Das kommt tatsächlich sehr in die Nähe. Wobei 'hässig' für mich auch so noch einen gesellschaftspolitischen Aspekt hat, 'die Politik' kann zum Beispiel 'das Volk' hässig machen. Grätig ist eher jeder für sich.

Mit 'grusig' ist es ähnlich, dafür gibt es auch keine deutsche Entsprechung. 'Ekelerregend' ist zwar eine mögliche Facette, wenn ich allerdings aus dem Fenster schaue und das Wetter grusig finde, dann will ich damit sagen:
«Sieht nasskalt aus, ich bleibe lieber drin!»
    Grusig kann einerseits eine kleine, fast liebevolle Beleidigung sein, eine nicht ernsthaft böse gemeinte. Andererseits kann es den ganzen Abscheu dieser Welt in ein einziges Wort packen.
    Helvetismen sind auf eine Art empfindungs-spezifisch, wie ich es aus keiner anderen Sprache kenne.
    «Vermutlich», schreibt mir eine Kollegin, «ist das, was du empfindungsspezifisch nennst daran gebunden, mit welcher Sprache wir aufwachsen. Das ist die Sprache des 'Herzens', und an jedem Wort hängen dann eben sehr viele Emotionen.»

130

Das ist vermutlich völlig richtig. Sie fehlt mir im Moment schüüli[9], meine Sprache des Herzens, auch wenn ich spätestens jetzt von den Helvetismen beim Dialekt gelandet bin, aber das spielt, imfall[10], überhaupt keinen Rugel[11].

---

9 *sehr*

10 *eine Art gesprochenes Ausrufezeichen, das jeder Aussage mehr Gewicht verleiht*

11 *keine Rolle spielen*

«GLÜCK UND GLAS»

SONG No. 23

(Dienstag, 7. April)

Stoff und Glas bestimmen mein Leben. Seit drei Wochen; Stoff und Glas. Der Stoff kommt zuerst, ich schiebe ihn zwischen mein Gesicht und die Welt, wenn ich die Wohnung verlasse. Unterwegs begegnen mir andere Gesichter hinter Stoff, wir lächeln vielleicht unter unseren Masken, vielleicht auch nicht, ich bin noch nicht so richtig versiert im Deuten verhüllter Mimik. Die Fältchen könnten Lachfältchen sein.

«Oder die Sonne blendet», sagt Iggy.

Ich gehe zu Rewe. Jetzt kommt das Glas.

«Zwölfeuroneunzig», sagt der Kassierer hinter dem Plexiglas-Schutzschild und zieht meine Karte durch den Automaten. Momentan keine Bargeldzahlung, steht auf einem Zettel neben der Kasse.

«Kontaktlos zahlen nennt ihr das», sagt Iggy, «und dann haut ihr den PIN alle in die gleichen grabbeligen Tasten, hahaha!»

Zurück zum Stoff, zum Nährstoff, es gibt Erbsensuppe bei Bass, zum Mitnehmen. Ich bestelle die Suppe und etwas Kartoffelsalat, für mich und für Claus. Ab ins Glas damit, zurück in die Wohnung, und weg mit dem Stoff.

Maske runter.

Endlich nicht mehr Glas und Stoff, sondern Fleisch und Blut, zum Anfassen. Augen, in die ich schauen darf, eine Hand, auf die ich meine legen darf.

«Da müssten doch schon wunde Stellen sein», sagt Iggy, «vom vielen Darüberstreichen!»

Vielleicht verstummt er ja, wenn ich ihn einfach ignoriere.

Und wieder Glas: Den Wein im Glas sitze ich vor Glas, am Handy, am Notebook, wir prosten uns zu, durch Glas, die Freunde und ich.

«Cheers, ich drücke dich aus der Ferne! Und knuddel' den Hund von mir!»

Der Hund drückt die Nase ans Glas. Und weg mit dem Glas, Handy aus, zurück zum Stoff, zu jenem, aus dem die Träume sind. Und ab ins Bett.

«Gute Nacht», sagt Iggy. Ignorieren hilft offenbar nicht.

Nächster Tag, Stoff und Glas, im Wechsel, seit drei Wochen. Derweil wohnt der Hund, den ich gerne knuddeln würde, nur einige Strassenzüge weiter, genau wie der Mensch, mit dem ich abends Distanzwein trinke, zwischen Wilmersdorf und Schöneberg.

Ich habe seit drei Wochen keinen gesehen, der nicht hinter Glas verschwimmen, hinter Stoff verschwinden würde. Keinen ausser Claus, der natürlich nicht keiner ist. Er ist mir sogar so sehr einer, dass ich ihn unbedingt schützen möchte, vor dem unsichtbaren Stoff da draussen. Wir bleiben zuhause, wir halten Distanz, wir befolgen die Regeln, denn:

«Glück und Glas, wie leicht bricht das!», ätzt Iggy.

Aber mir fehlt der Stoff, aus dem die Freundschaften sind. Geteilte Gedanken, ein geteiltes Lachen.

Nach drei Wochen beschliesse ich, dass ich das heute mal anders machen werde mit dem Stoff und mit dem Glas.

«Komm, Mensch aus Schöneberg», sage ich, «treffen wir uns, in Fleisch und Blut, mit aller gebotenen Vorsicht natürlich. Ich bringe mein Glas und du den Stoff und dann trinken wir heute Distanzwein im Park.»

Im Bus, mit dem ich zum ersten Mal wieder fahre, hat sich der Fahrer dreimal abgesichert, er sitzt hinter Lagen aus Glas, Plastik und Absperrband. Ich ziehe mir zusätzlich den Stoff ins Gesicht, weil neben mir eine Frau sehr ungeniert hustet, einfach in die Luft hinaus. Ich schimpfe leise.

«Lauter!», sagt Iggy. «Sie hört dich nicht!»

In den Sitzreihen vor ihr steht einer auf und geht bis nach ganz hinten durch. Er wirft ihr im Vorbeigehen böse Blicke zu.

«So ist's brav!», sagt Iggy. «Schlägerei!»

Aber sie nimmt die Blicke nicht einmal wahr, sie starrt durch's Glas nach draussen. Meine Haltestelle kommt. Ich mag mich beim Aufstehen nicht festhalten, weil der Stoff, der böse, sich ja über Tröpfchen auf die Haltestangen übertragen könnte, und schlingere zur Türe hinaus.

Und dann trennt das Glas nicht mehr, es verbindet. Wir prosten uns zu, der Mensch aus Schöneberg und ich, kontaktlos. Keine Hand, auf die ich meine legen darf, aber Augen, in die ich schauen darf, ein geteiltes Lachen, eindeutig ein Lachen, denn unverhüllte Mimik kann ich ziemlich gut deuten. Der Hund, den ich endlich knuddeln kann, guckt sehr ernst. Das tut er aber immer, dabei hat er in Wirklichkeit nur Flausen im Kopf. Er robbt bäuchlings durch's Gras und verdreht den Kopf nach anderen Hunden, er klettert über meine Beine und hinterlässt kleine Pfotenabdrücke auf dem Stoff meiner Jeans. Ich bringe mein Glas in Sicherheit.

«Mensch, wie geht es dir?», frage ich.

Wir haben gestern noch telefoniert, aber es ist einfach ein ganz anderes Gefühl, einen Menschen zu fragen, wie es ihm geht, wenn er mir gegenübersitzt. Der Mensch erzählt, ich erzähle, die Polizei geht vorbei und nickt uns freundlich zu. Wir haben den Stoff, wie es scheint, verstanden, der Abstand stimmt, es gibt nichts zu beanstanden.

«Ach, daran hätte ich doch auch mal denken können», sagt ein Mann mit Blick auf unsere Gläser. Dann lässt er sich auf dem Boden nieder und sagt leise:

«Aaah!»

Ein kleines Glück durchströmt mich.

Der Stoff, aus dem das soziale Leben gewoben ist – er ist nicht in ganz so weite Ferne gerückt, wie ich befürchtet habe, auch wenn das hier die Ausnahme ist und das Trennglas vorerst die Regel bleibt. Aber Glas ist auch nur aus Stein. Und Stein erodiert irgendwann. Alles nur eine Frage der Zeit. Dazu fällt offenbar auch Iggy nichts ein, er schweigt schon, seit ich aus dem Bus ausgestiegen bin.

Derweil tollt der Hund tollt im Gras. Der hat seine ganz eigene Beziehung zu Stoff und Glas. Ihm ist das beides völlig Wurst.

«KRISE? WELCHE KRISE?»

SONG No. 24

(Mittwoch, 8. April)

Heute ist etwas Merkwürdiges passiert. In der Kaffeemaschine hat sich eine Kapsel verklemmt. Ich denke, während ich sie herauspule, zum x-ten Mal, dass wir doch jetzt wirklich mal endgültig dieser Umweltsünde abschwören und wieder auf Bohnenkaffee umsteigen könnten.

Unter der Dusche ist das Wasser zu heiß, ich weiche aus, ich rutsche herum in Seifenablagerungen, ich fluche, aber ich falle nicht.

Ich trinke Kaffee. Ich schreibe eine Seite.

So weit, so normal.

Heute ist etwas Merkwürdiges passiert.

An der Bushaltestelle hat sich eine Frau einem Grüppchen blaubejackter Menschen vom Stamm der Ordnungsbeamten genähert.

«Sagen Sie», spricht sie das Grüppchen an, «wie lange darf man eigentlich tagsüber laut Musik machen?»

Die Ordnungsbeamten sagen im Chor:

«Das wissen wir nicht!»

Aber die Frau lässt nicht locker.

«Da wohnen zwei Studenten unter mir, die eine singt, der andere spielt Klavier. Auf einem sehr schönen Flügel übrigens, ich habe den mal gesehen. Er steht nur leider direkt unter meinem Schlafzimmer. Haben Sie eine Ahnung, was so ein Flügel für einen Krach macht? Morgens um neun geht das los, drei, vier Stunden. Dann ist Mittagspause. Wenn ich Glück habe, dauert die was. Dann geht's wieder los, nochmal drei Stunden.»

«Haben Sie denn schon die Verwaltung angerufen?», erbarmt sich einer der Ordnungsbeamten, den dargebotenen Gesprächsfaden aufzunehmen.

«Als allererstes. Aber da geht nie einer ran. Wirklich nie. Und ich kann hartnäckig sein.»

'Was die nicht sagt'-Blicke machen die Runde.

«Was sagen denn die anderen Hausbewohner?»

«Nüscht. Aber das liegt an der Physik. Die Wohnung unter den Musikstudenten steht leer. Und die nebenan sind nicht so betroffen, weil sich Schall bekanntermassen nach oben ausbreitet. Die Leidtragende bin ich.»

«Dann gehen sie am besten zur Polizei!»

«Klasse Idee, dass mir das noch nicht eingefallen ist! Mensch Meier, von der komm' ich doch gerade! Die sagen, das Ordnungsamt ist zuständig.»

«Sind wir aber nicht!»

«Ja, dann bin ich wohl in den Arsch gekniffen! Hören Sie doch mal, wie sich das anhört!»

Die Frau versucht sich mitten auf der Strasse an Arien. Sie singt gar nicht so schlecht. Die Ordnungsbeamten lachen jetzt, aber helfen können oder wollen sie trotzdem nicht.

Ein Mann fotografiert einen blühenden Magnolienbaum. Claus giesst die Blumen auf dem Balkon. Ich schreibe eine weitere Seite. So weit, so normal.

Heute ist etwas Merkwürdiges passiert.

Der Orangenbaum hat Blätter verloren, das Internet sagt, ihm fehle Licht. Ich stelle ihn auf den Balkon, wo die Sonne zwar nicht direkt hinscheint, aber vielleicht, sagt Claus, reicht die Reflexion der gegenüberliegenden Häuserwände.

Beim Sport versuche ich, den einen Arm nach vorne und den anderen simultan nach hinten zu schwingen. Dabei kugle ich mir ein kleines bisschen die Schulter aus, weil ich mich nicht auf die Bewegung konzentriere sondern darauf, wie blöd das wahrscheinlich aussieht. Beim Schreiben fällt mir nichts ein.

Ich hole den Orangenbaum wieder in die Wohnung, draussen scheint es mir jetzt zu kalt.

Unten verrichtet ein Hund sein Geschäft an einem Baum, die Besitzerin wühlt in der Manteltasche und findet keinen Kotbeutel.

«Astor, komm!», ruft sie und geht schnell weiter.

So weit, so normal.

Heute ist etwas Merkwürdiges passiert.

Mir ist der Weinkorken in die Flasche gerutscht.
Im TV läuft ein sehr schlechter Krimi.
«Die Kostümabteilung war entweder sehr uninspiriert oder sie hatte sehr wenig Geld», räsoniert Claus.
«Das erinnert mich an eine Geschichte: Ich habe mal zu einem Dreh einen Hut mitgebracht, der hatte vorne ein Loch drin. Und weil's den immer weggeweht hat beim Drehen, hat die Kostümab-teilung vier identische Hüte gekauft. Zur Sicherheit, falls das Origi-nal verlorengeht. Und jetzt kommt's: Machen die in alle anderen Hüte auch ein Loch! Zum Schluss hatte ich mein Original nach wie vor, und die sassen auf vier kaputten Hüten!»
Ich lache, obwohl ich die Geschichte schon kannte.
Ich gehe in die Küche und entsorge Weinkorkenkrümel.
«Warum liegen hier Zwiebeln auf dem Boden?», schimpfe ich.
«Schade, dass wir den Riesenmond nicht sehen können», ruft Claus vom Balkon.
So weit, so normal.

«Wo ist eigentlich Iggy?», denke ich, und dann begreife ich, was heute Merkwürdiges passiert ist. Etwas, das wirklich schon sehr lange nicht mehr passiert ist. Heute war einfach ein ganz normaler Tag.

«JÄGERSCHNITZEL!»

SONG No. 25

(Donnerstag, 9. April)

Mir hat jemand eine Karikatur geschickt: «Kommt ein Hase in eine Kneipe und setzt sich an einen Tisch...» «Stehen Sie auch für Brot an?», drängelt die Frau hinter mir. Ich stehe in der Schlange vor Butter Lindner.

Es ist Gründonnerstag, Tag des letzten Abendmahls, bevor Jesus verhaftet wurde. Im Internet kursieren Memes, die ihn alleine an der grossen Tafel zeigen, ohne seine Jünger.

«Das ist ja genau mein Humor!», sagt Iggy. Er ist wieder da.

Ich versuche, ihn zu ignorieren, und wende mich der Karikatur zu: «Kommt ein Hase in eine Kneipe und setzt sich an einen Tisch. Tritt ein Kellner dazu...»

«Halten Sie bitte Abstand, das ist wichtig!»

Das sagt der Mann vor mir zum Mann hinter mir. Ich hätte ihn gar nicht gesehen, ein langer Dünner mit Schnurrbart und 80er Jahre-Brille. Er ist tatsächlich ziemlich dicht aufgerückt und schaut mit ausdruckslosem Blick durch seinen Kritiker hindurch, der ihm jetzt wütend vor dem Gesicht herumfuchtelt und sich seinerseits nicht mehr an Abstandregeln hält:

«Ey, ich meine das ernst!»

«Gleich klatscht's!», ruft Iggy entzückt.

Aber die nervöse Duracellhäschen-Energie des fuchtelnden Mannes prallt ab an stoischer Hipstercoolness. Ich weiss nicht, was ich irritierender finde, dieses Wegignorieren oder dieses Aufoktroyieren, das Zeitungen als 'um sich greifende Blockwartmentalität' bezeichnen.

«Deutschland denunziert wieder», stand gestern auf allen möglichen Titelseiten.

«Wie schnell das geht!», freut sich Iggy.

Es liegt eine gewisse Bissigkeit in der Luft. Die Ermüdungserscheinungen der Zwangslage dringen allen aus allen Poren. Manche versuchen es mit schwarzem Humor. Osterhasen mit Atemschutzmasken kursieren im Netz, Ostereier halten Abstand im Nest. Das Fest der Liebe und der Hoffnung, es hat schon im Vorfeld einen seltsamen Beigeschmack.

Zurück zu meiner Karikatur: «Kommt ein Hase in eine Kneipe und setzt sich an einen Tisch. Tritt ein Kellner dazu und fragt...»

«Nummer 89!», ruft die Bedienung im Laden. Das bin ich.

Manche flüchten sich in Aktionismus oder lenken sich ab, viele mit einer leicht angesäuerten Schulmeisterlichkeit.

«Herrlich, auf welchen Trip die Leute kommen, wenn sie die Geduld verlieren», amüsiert sich Iggy. «A propos: Hast du nicht Lust auf eines dieser Rechenrätsel, die sich in deiner Facebook-Timeline stapeln?»

Die Rechenrätsel sind wirklich eine Plage. Sie kommen harmlos daher, niedliche Grafiken, die mich dazu auffordern, Hexen mit Zauberstäben zu multiplizieren, Bienchen und Blümchen zu addieren, Melonen durch Bananen zu dividieren und dann den richtigen Wert zu errechnen. Und jetzt wird's perfide: Die Blume in der Subtraktion hat, wenn man genau hinschaut, ein Blütenblatt weniger als die Blume in der Addition. Hinter der Banane an zweiter Stelle der Multiplikation versteckt sich noch eine zweite. Und ausserdem trägt die Hexe in der dritten Zeile der Gleichung die Turnschuhe aus der ersten Zeile - habt ihr das denn nicht gesehen?!?

Es liegt eine Rempeligkeit im Ton, man führt sich auf's Glatteis geführt von diesen Rechenrätseln, selbst wenn man sie geknackt hat. Sie passen zur Tonalität dieses Tages.

«Kommt ein Hase in eine Kneipe und setzt sich an einen Tisch. Tritt ein Kellner dazu und fragt: 'Was darf's denn sein?'»

«Zahlen Sie bar oder mit Karte?», fragt mich der Kassierer bei Butter Lindner.

Ich schleppe die Einkäufe nachhause und mit ihnen ein kleines Gefühlselend; das Elend, dass das hier alles Freude machen sollte, bei dem schönen Wetter, und überhaupt, Ostern steht vor der Türe. Es macht aber keine Freude. Die Luft steht, und sie riecht langsam abgestanden.

«Ganz Berlin ist heute sauer», schreibe ich in einer Konversation mit Freundinnen.

«Wenn das Leben dir Zitronen gibt», kommt prompt zurück, «mach Limonade draus.»

«Echt jetzt?», sagt Iggy. «Wollt ihr mich schon wieder zu Tode langweilen?»

Dass er keinen Sinn hat für lieb Gemeintes, war klar, aber wenn ich etwas nicht ausstehen kann, dann ist es tatsächlich Zitronenlimonade.

Die allgemeine Stimmung sinkt weiter in den Keller. Als Nächstes wird das gemeinsame Eierfärben im Familienverbund per Videochat verworfen. Denn die Kleine, für die wir das hätten tun wollen, hätte als erste keine Lust mehr gehabt, vor dem Bildschirm stillzusitzen. Und die Mama hätte wiederum keine Lust gehabt, das Kind erfolgreich bei Laune zu halten und uns das Gefühl zu geben, dass wir das Kind erfolgreich bei Laune halten. Ich stelle mir, aus Luna-Lynns Perspektive, fünf Nasen vor, die alle mit gezückten Pinseln und Filzstiften hinter ihren Eiern sitzen und simultan um Aufmerksamkeit buhlen.

«Schau, mein Ei! Wollen wir da ein lustiges Gesicht draufmalen? Oder ein Blümchen? Rot oder gelb? Luna-Lynn! Schau, mein Ei!»

Nicht alles, was analog funktioniert, lässt sich auf einen Bildschirm übertragen.

«Kommt ein Hase in eine Kneipe und setzt sich an einen Tisch. Tritt ein Kellner dazu und fragt: 'Was darf's denn sein?' Bellt der Hase: 'Jägerschnitzel!'»

Und dann isst er das Schnitzel, grimmig, wortlos. Vom Kellner nach seiner Meinung gefragt, sagt er lediglich:

«Zäh!»

Dann schmeisst er die Serviette auf den Tisch und das Geld hinterher, dass die Münzen nur so klimpern. Er fegt den Teller auf den Boden, reisst die Tischdecke weg und den Tisch gleich mit um. Im

Hinausgehen verpasst er auch noch dem Stuhl einen Tritt und fegt die leeren Gläser vom Tresen. Dann, er steht schon fast an der Türe, dreht er sich noch einmal um und nimmt den Stammtisch ins Visier. Dort sitzt der Oberlehrer, der diese bescheuerten Matherätsel verbreitet. Den packt er beim Kragen, stemmt ihn hoch in die Luft und schmeisst ihn mit Schmackes zur Türe hinaus, er zieht, während der Erbsenzähler durch den Staub kugelt, mit den Zähnen den Korken aus dessen Weinflasche, leert sie in einem Zug bis auf den letzten Tropfen, wischt sich mit dem Arm den Mund und geht dann zufrieden seiner Wege.

Die häsische Randale habe ich mir nur ausgedacht, und dass Frau Nachbarin mit Hund Astor nun irritiert zum Balkon hochschauen muss, weil ich hier sitze und lache wie der ungewaschenste aller Cowboys im liederlichsten aller Western, tut mir kein bisschen leid! An Tagen wie diesen hilft nur die dreckigste aller Lachen. Wenn das Leben mir eine Zitrone gibt - dann drück' ich mir die heute über mein Jägerschnitzel!

«DIE SONNENSEITE DES LEBENS»

SONG No. 26

(Freitag, 10. April)

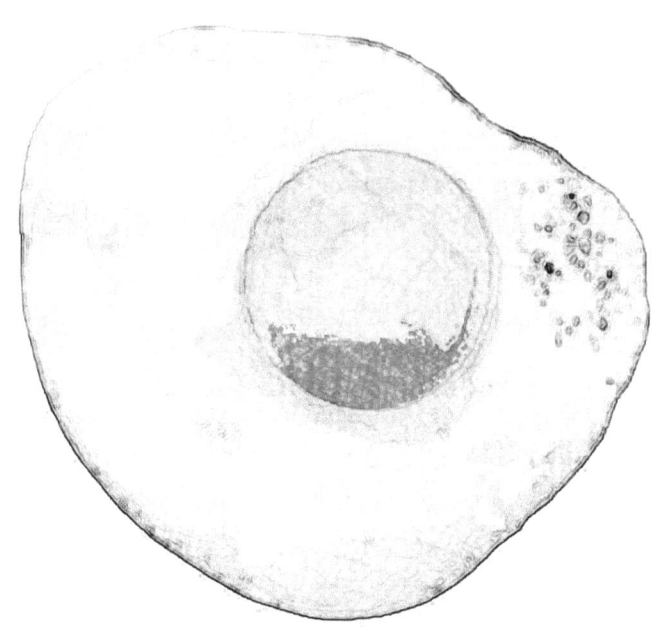

Manche Menschen bleiben ja in den vertracktesten Situationen noch Optimisten. Manche singen sogar, wenn ihnen das Wasser bis zum Hals steht.

«Kopf hoch!» singen sie. Natürlich, es gibt Dinge im Leben, die sind schlecht. Da kann man schonmal wütend werden. Da kann man schonmal auf die Idee kommen, zu schimpfen und zu fluchen über diesen zähen Knorpel namens Leben, auf dem man verdammt ist, herumzukauen.

«Murren hilft aber nichts», sagt der Superoptimist. «Weisst du, was ich dann immer tue? Ich pfeife!»

Der pfeifende Superoptimist ist richtig gut gelaunt, und das an einem solchen Tag. Nicht genug damit, dass ihm keine Wahl mehr bleibt. Zu entscheiden, wo er hin will, zum Beispiel. Er kann nicht mehr in die Kneipe, er kann nicht mehr zur Arbeit, und er kann auch nicht mehr zu seinen Freunden. Diese Wahl, die wurde ihm genommen.

«Höhere Gewalt», kichert Iggy.

Es bleibt ihm nichts anderes übrig, als zu bleiben, wo er ist.

Und dennoch glaubt er weiter daran, dass sich die Dinge zum Besten wenden.

«Solange ich pfeife», sagt er, «scheint mir die Sonne ins Gesicht!»

Der Superoptimist lässt sich auch nicht die Laune davon verderben, dass niemand mehr zu ihm kommt. Dass er da jetzt ganz alleine festsitzt. Naja, fast alleine. Er hat noch den einen oder anderen Nachbarn. Aber die sitzen auch fest. Wenigstens singen sie mit ihm mit, die Nachbarn. Singen hilft, in Zeiten wie diesen. Und klatschen.

«Aber klatschen ist gerade schwierig», kichert Iggy.

«Ach, das macht doch nichts», sagt der Superoptimist. «Solange ich lachen und singen und tanzen kann, ist doch alles gut!»

Er findet es ein bisschen albern, dass ich niedergeschlagen bin. Ein Dummkopf sei ich, mir vom Leben die Laune verderben zu lassen! «Ich pfeife einfach weiter», sagt er, «und lasse mir die Sonne ins Gesicht scheinen. Probier's doch auch einmal!»

Der Superoptimist pflegt einen einigermassen lockeren Umgang damit, dass ihm viele nicht glauben wollten. Dass die Leute auf die Strasse gegangen sind gegen einen wie ihn und wütend protestiert haben gegen das, was er gesagt hat. Dabei hat er im Grunde nur gesagt, man solle sich doch bitte auf seinen gesunden Menschenverstand verlassen und nicht alles glauben, was die vermeintlichen Heilsbringer predigen. Man solle umsichtig sein und sich auf das Miteinander konzentrieren, nicht auf das Gegeneinander. Nun hat er den Schlamassel: Er sitzt fest.
«Man könnte auch sagen: Er steckt fest!», sagt Iggy.
Aus der Nummer kommt er nicht mehr 'raus. Aber es scheint ihm gar nichts auszumachen.

Er sagt, das Leben sei ohnehin absurd und zum Lachen, und wir alle müssten irgendwann einmal sterben. Er will den letzten Augenblick geniessen.
«Mit einer Verbeugung werde ich gehen», sagt er. «Mit einem Grinsen! Und dabei wird mir die Sonne ins Gesicht scheinen, selbst im Angesicht des Todes! Und dir empfehle ich dasselbe. Wer zuletzt lacht, lacht am besten!»

Der Superoptimist bleibt erstaunlich gelassen im Angesicht der Bedrohung, der er ins Gesicht schaut. Die Bedrohung ist ziemlich real, und sie ist ziemlich tödlich. Für ihn jedenfalls. Man könnte sein Beispiel wohl einen besonders schweren Verlauf nennen. Die meisten Menschen bleiben davon zum Glück verschont. Es sind bestimmt keine 0,1% der Weltbevölkerung, die sein Schicksal teilen.

«Jetzt nehmt doch nicht alles so ernst», sagt er. «Seid fröhlich!»

Auf See, so glaubt er, passiere weitaus Schlimmeres. Er sagt, wir alle kämen aus dem Nichts und würden wieder im Nichts verschwinden. Wozu also das ganze Aufhebens?

«Ihr habt nichts zu verlieren», sagt er. «Pfeifen und euch die Sonne ins Gesicht scheinen lassen, das ist alles, was ihr tun müsst!»

Der Mann, der da pfeift, hört auf einen englischen Namen und hängt am Kreuz.

«Höhere Gewalt, hab' ich doch gesagt», kichert Iggy.

Aber davon lässt sich der Mann nicht die Laune verderben, er singt weiter von der Sonnenseite des Lebens. Es ist Karfreitag, und weil ich keine ernst gemeinten Kreuzigungsszenen sehen kann, schon gar nicht in diesen Tagen, schauen wir 'Life of Brian'.

Manchmal kommt Monty Python eben genau zum richtigen Zeitpunkt!

«STADT IM SÜDEN»

SONG No. 27

(Ostersamstag, 11. April)

Wenn ich heute durch die Stadt gehe, fühle ich mich ein bisschen wie im Süden. Im Süden, wo vor jedem Restaurant die Wirte und die Kellner stehen. Wo sie «Buon Giorno!» rufen, wenn ich durch die Gassen und an ihren Läden vorbeischlendere, und «Signorina!» und «Werfen Sie doch einen Blick auf unser Angebot!»

Ich warte darauf, dass Iggy sagt, er habe aber derzeit andere Bilder im Kopf vom Süden, aber das tut er nicht. Vielleicht ist der Tag zu mild, der Himmel zu blau, die Stimmung zu friedvoll für seine Provokationen.

Er muckt nicht einmal darüber, dass der Vergleich ein bisschen hinkt, weil die Kellner hier natürlich nicht «Signorina!» rufen, sondern allenfalls verhalten «Tach!» murmeln, wenn ich an ihren Lokalen vorbeigehe. Und auch das ist reine Spekulation, denn wer kann schon sagen, ob jemand hinter einer Maske murmelt?

Aber abgesehen davon fühle ich mich heute wie im Süden, denn die Berliner Gastronomie hat sich neu erfunden in Zeiten von Corona. Sie verkauft jetzt über die Gasse. In meinem Kiez stehen vor jedem Lokal eng beschriebene Schilder mit dem Angebot des Tages, das Menu liegt als Flyer aus, viele Wirte haben am Eingang Tische aufgestellt, dekoriert wie Marktstände, und verkaufen alles, vom Honigtöpfchen bis zum mehrgängigen Ostermenü.

«Tach!», sagen sie, wenn ich vorbeigehe, ich bestehe darauf, und deuten mit dem Daumen auf ihre Schilder. Alles zum Mitnehmen, alles zum Abholen.

Wenn ich heute durch die Stadt gehe, fühle ich mich ein bisschen wie im Süden. Es ist vielleicht ein bisschen leer in der Stadt, für so einen sonnigen warmen Samstagnachmittag, aber ich stelle mir vor, es sei Siesta. Eine Bar hat geöffnet, an der Plaza de Savigny. Davor stehen Bänke und Sonnenschirme, Sangriabecher leuchten in der Sonne. Den Queso gibt's für drei, die Olivas Marinadas für zwei Euro. Sie stehen vielleicht ein bisschen weit auseinander, die Bänke. Und das Top-Angebot, acht Rollen Klopapier à zwölf Euro, mutet auch etwas seltsam an. Immerhin, es gibt dazu zwei Aperol Spritz umsonst. Die Eiswürfel klirren in den Bechern, und aus der Küche riecht es nach Calamari. Ich verzichte auf Klopapier und hole mir einen Bezahl-Apéro. Der Wirt trägt eine Atemschutzmaske, ich stelle mir vor, sie sei gegen das Spritzfett.

Die Sonne wärmt, der Aperol auch. Der Nachmittag verstreicht unter einem kondensstreifenfreien Himmel, Autos mit offenem Verdeck ziehen ihre Kreise. Die ersten Menschen entledigen sich ihrer Jacken, und auch der eine, der immer übertreibt, ist dabei, der lässt der Jacke das T-Shirt folgen und reckt uns seinen behaarten Bauch entgegen. Ich bin plötzlich ganz froh um die zwei Meter Abstand.

«Noch eine Runde, Señora?», fragt der Wirt.

Ein Mann pinkelt aus Protest gegen ein geschlossenes Toilettenhäuschen, ich darf zum Glück die Gästetoilette der Bar benutzen. Als ich die Treppe hinuntergehe, kleben die Stufen. Ich stelle mir vor, es sei wegen der wilden Party letzte Nacht, und nicht, weil hier quarantänebedingt seit vier Wochen niemand mehr geputzt hat.

Die Sonne wärmt, der Aperol auch, ich unterhalte mich von Bank zu Bank über die nächsten Urlaubsziele: Vielleicht mal wieder in den Jardin de Wilmersdorf? Oder an den Río Esprea?

Blaue Stunde an der Plaza de Savigny. Ich habe mir die Nase verbrannt und mache mich auf den Heimweg.

Wenn ich heute nachhause komme, fühle ich mich ein bisschen wie im Süden. Die Blumen leuchten auf dem Balkon, sattes Gelb, warmes Orange, tiefes Blau.

Bei Bass und bei Rosario ein einziges Gewusel, Nachbarn fahren in ihren Autos vor, Styroporkisten werden von der Küche zum Kofferraum getragen. Es wird gequatscht, an die Motorhaube gelehnt, viele haben sich ebenfalls die Nase verbrannt.

Kochen müssen wir heute nicht, wir haben die Wahl zwischen Hasenpfeffer von rechts und Osterlamm von links. Alles zum Abholen, alles zum Mitnehmen.

Die Sonne steht tief, der Tisch ist gedeckt, in der Weinflasche brennt eine Kerze. Es riecht nach Bratensauce und Knoblauch, auf den Balkonen klappert das Geschirr, irgendwo wird die Musik aufgedreht.

Und es dauert nicht lange, da reicht es den Nachbarn:
«Könnten Sie das mal leiser drehen?»
«Sie wissen aber schon, dass erst um zehn Uhr Nachtruhe ist?»
«Ja, aber das schallert hier so hoch!»
«Na gut, wir machen leiser.»
«Frohe Ostern!»
«Ja ja, selbst!»

Und schon bin ich wieder in Berlin.

«OSTERN IM ORBIT»

SONG No. 28

(Ostersonntag, 12. April)

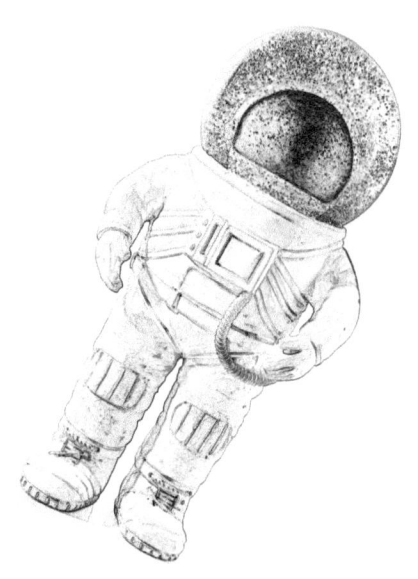

Ich habe schon lange keine Zeitung mehr gelesen, aus Gründen. Aber heute liegt die Sonntagszeitung auf dem Tisch, dick wie ein Ziegel. Und weil heute Ostersonntag ist, das Fest der Liebe und der Hoffnung, stelle ich mir vor, dieser Ziegel müsste, so massig er auch aussieht, förmlich in der Luft schweben vor lauter Leichtigkeit und Zuversicht, ein watteweiches Wölkchen aus wohlwollenden Solidaritätswellen und augenzwinkernden Bastelanleitungen für die kommende Do it yourself-Zeit.

Ich schlage den Zeitungsziegel auf.

«Zwischen Sorge und Hoffnung[12]», titelt der Leitartikel.

«Ach Gottchen, wie aussagekräftig!», ätzt Iggy.

Ich springe weiter zu Zippert, der sich Gedanken macht über die Heilige Dreifaltigkeit.

«Vater, Sohn und Heiliger Geist sind ja eigentlich einer zu viel», stellt er fest.

Das Thema der Woche sind Smartphone-Apps und die digitalen Fussfesseln, die uns im Zuge der Corona-Krise...

«Also sage mal», quatscht Iggy wieder dazwischen, «verursacht dieses Wort bei dir nicht langsam einen Sehsturz?»

Ich blättere vor, zu einem Artikel über die leergefegten Nordseeinseln. Hier ist, etwas poetischer, vom Corona-Blues die Rede. Die Amrumer sind zwar einerseits ganz froh über den ausbleibenden Osteransturm:

«Jetzt kaufen uns die Touris in der Schlange vor dem Krabbenkutterhäuschen wenigstens nicht mehr die letzten Fischbrötchen weg.»

Aber so gar keine Menschen, stellt eine Anwohnerin fest, sind dann doch ein paar zu wenig. Denn was sind einsame Dünen ohne einsame Wanderer, die philosophische Betrachtungen über einsame Dünen anstellen können?

«Nur noch nutzlose Staubhaufen im Weltall», meint sie.

---

12 *Welt am Sonntag, 13. April 2020*

«Eine Frage der Perspektive», sagt Iggy. «Ich könnte mir vorstellen, dass Dünen möglicherweise auch ganz gut ohne Menschen zurechtkommen.»

Auf einem ganzseitigen Inserat werben die Grossen der Ernährungsindustrie für die kleinen Freuden des Lebens.

«Sie können sich darauf verlassen, dass unsere 600'000 Mitarbeiter auch in diesen Krisenzeiten alles für Sie tun», beteuern Cola, Dr. Oetker und Ferrero.

«Welche Mitarbeiter meinen die?», fragt Iggy. «Jene, die dieses Inserat getextet haben?»

«New York wird nie sterben!» titelt, mit Ausrufezeichen, die nächste Seite. Darunter das Bild des leergefegten Times Square. Mir kommt, wenn ich an New York denke, immer das alte Löwenpaar aus dem Central Park Zoo in den Sinn, das Truman Capote in seinem Buch 'Sommerdiebe' beschreibt:

«Eine Komödie in trauriger Tonart, das ist die liederliche Löwin, die in ihrem Käfig ruht wie eine Filmkönigin mit stummem Ruhm, und einen ungeschlachten, grotesken Anblick bietet ihr Partner, der ins Publikum blinzelt, als könnte er eine Bifokalbrille gebrauchen.»

Ich stelle mir ältere New Yorker immer ein bisschen vor wie diese beiden Löwen, und dass es diese Stadt jetzt wieder so besonders hart getroffen hat, ist eine Tragödie in der scheusslichsten aller Tonarten.

Am 12. April 1961, lese ich in der Rubrik 'Leben', schossen die Russen Juri Gagarin in den Orbit, wo er einmal die Runde machte.

«Dieses Gefühl, im Orbit die Runde zu machen», kichert Iggy, «wer kennt es nicht?»

In der Rubrik 'Leben' steht ferner geschrieben, dass der Wasserverbrauch weltweit sinkt, obwohl wir uns ja andauernd die Hände waschen, aber die Schliessung von Betrieben, von Restaurants und Kneipen, drückt den Verbrauch. Den zweiten Satzteil muss ich noch einmal lesen, weil ich in Gedanken bei der Vorstellung hängengeblieben bin, dass derzeit die ganze Welt vor dem Wasserhahn steht und 'Happy Birthday' singt. Ein herziges Bild, im ersten Moment, aber auch ein etwas bedauerliches, denn wir werden, so fürchte ich, nach Corona ein anderes Lied brauchen, um die Stunde unserer Geburt zu besingen. Und noch ein herziges Bild: Seismologen auf der ganzen Welt stellen fest, dass die Erde weniger rumpelt, weil die Menschen weniger rumpeln.

«Sowas kommt von sowas», so das Fazit der Zeitung.

'Was uns tröstet', das eigentliche Thema der Ausgabe, kommt mir ikonisch zu aufgerüstet daher. Bärtige Götter auf Wolken mit ausgefahrenen Zeigefingern schrecken mich immer ein bisschen ab, auch wenn der Artikel sicher gut gemeint ist.

Die Finanzen und den Sportteil überfliege ich, daran kann auch Corona nichts ändern.

Statt dessen muss ich wieder an Herrn Gagarin denken, der da oben alleine im Orbit schwebte, und ein Lied kommt mir in den Sinn, ein Lied von einer Frau, die alleine zuhause sitzt und versucht, ihren Astronautengatten am anderen Ende der Galaxie an die Strippe zu bekommen.

«Hallo Juri, hier ist dein Heimchen am Virusherd. Wie ist es da oben? Einsam? Ach, hier auch... Ich kann so schlecht alleine schlafen. Ich bräuchte dringend einen Freund. Was sagst du? Die Verbindung ist ganz schlecht. Ich glaube, wir haben den Kontakt verloren!»

«Dieses Gefühl, den Kontakt verloren zu haben...», sagt Iggy, und ich blättere schnell zum Kulturteil vor.

Der erzählt mir, dass ich jetzt Mini-Gurken aussäen könnte, dass ich Theater-Aufführungen streamen und dazu Gin Tonic trinken könnte. Ich denke, dass Theater im Gegensatz zu Dünen ganz schlecht ohne Menschen zurechtkommen. Die sind jetzt wirklich nur noch nutzlose Staubhaufen im Weltall.

Ich schlage den Zeitungsziegel zu und stolpere auf der letzten Seite über Promizitate.

«Ich für meinen Teil nehme gerne noch ein Eierlikörchen», sagt Hape Kerkeling. «Das Leben muss ja irgendwie weitergehen.» Muss es. Aber ich mag kein Eierlikörchen und höre statt dessen Weltraumlieder aus den 80ern. Zu meiner Freude haben viele Bands die abgefahrensten Videos dazu gedreht.

Dee D. Jackson tanzt im Glitzerumhang mit einem blinkenden Roboter, die Sängerin der Rah Band spricht durch ein silbernes Telefon und hinter sehr viel Weichzeichner mit ihrem Astronautengatten, und Rocko Schamoni besingt im weissen Miami Vice-Anzug den Mond.

Ostern im Orbit. Immer noch einsam, aber mit einem Hauch von Disco.

«Streu einfach Glitzer drauf», sagt Iggy und meint es ironisch. Aber heute funktioniert es tatsächlich.

«DADAISTISCHE GERÜMPELKLUMPEN»

SONG No. 29

(Montag, 13. April)

« Hereinspaziert, herrreinspaziert, ins Gärtnersche Kuriositätenkabinett! Bestaunen Sie unsere Attrrraktionen! Echte Ausserirdische aus dem pedulischen Paralleluniversum! Sekundenfarbe! Dadaistische Gerümpelklumpen, die es geschafft haben, sich unsichtbar zu machen! Bären, die so alt sind wie die Zeit! Der Eintritt ist frei!»

Es kann, wenn unterschiedliche Bedürfnisse aufeinanderprallen, auch in einer ziemlich grossen Wohnung ziemlich eng werden in Zeiten der Isolation. Wenn einer Lust hat auf eine Geräuschkulisse und der andere eher nicht so, wer hat dann recht? Der Fernseher läuft, zu laut für mich, zu leise für Claus. Eindeutig eine Falle, denn Iggy lauert nur darauf, ins Wespennest zu stechen. Er will die Welt brennen sehen.

«Hast du die Kopfhörer verlegt?», frage ich behutsam, aber nicht behutsam genug.

«Wie kann es sein», sagt Claus vorwurfsvoll, «dass dich das hier stört, aber die Baustelle draussen nicht?»

Es bräuchte nicht mehr viel. Ein kleines Fünkchen nur. Es ist die Art von spontaner Entladung, die Iggy am liebsten mag: Zoff wegen nichts.

Pech gehabt, Iggy! Dann ist heute eben die Zeit gekommen für einen Frühjahrsputz. Meinen grossen Roman kann ich auch morgen noch schreiben. Soll doch heute jeder so laut sein wie er will. Ich habe keine Lust, die Welt brennen zu sehen. Und der Wäscheschrank muss wirklich dringend entrümpelt werden!

«Darf ich Ihnen unsere erste Attrrraktion prrräsentieren: Echte Ausserirdische! Ja, sie sehen aus wie Socken, aber lassen Sie sich nicht davon täuschen. In Wirklichkeit sind das Aliens aus dem pedulischen Paralleluniversum! Sie erkennen sie daran, dass sie nie paarweise auftreten, was herkömmliche Gebrauchssocken ja zu tun pflegen. Entdeckt wurden die Pedulianer millionenfach in einem ganz gewöhnlichen Berliner Haushalt, es muss sich um eine regelrechte Invasion gehandelt haben. Ob es gelungen ist, diese zu stoppen, oder ob das Portal zum pedulischen Paralleluniversum weiterhin offen steht, wird sich zeigen.»

Als nächstes widme ich mich, bereits leicht lädiert, der Küche.

«Es gibt», so schrieb mir unlängst Melanie, «während der Selbstisolation nur Ups & Downs. Am einen Tag hast du einen Höhenflug und putzt die hintersten Ritzen deiner Regale mit einem Wattestäbchen. Am nächsten Tag trinkst du Wodka und schaust im Internet Hunden beim Furzen zu. Dazwischen existiert nichts.»

Ich hatte gerade einen solchen Höhenflug: Ich wollte das Dach oder den Deckel oder wie man den obersten Teil eines Schranks auch immer nennt - bis jetzt war das kein Begriff, der sich auf meinen Radar verirrt hat - entstauben. Auf dem Weg zurück nach unten habe ich den letzten Leitertritt verfehlt und bin mit der Rippe in die Kiste mit den aussortierten Einzelsocken gekracht.

Ein Feuerwerk an Flüchen lag mir auf den Lippen, aber dann habe ich Iggy mit seinen Streichhölzern da stehen sehen. Von mir hörst du keinen Ton, Brandstifter!

Ich mache mich am Gewürzregal zu schaffen, dabei muss ich wenigstens nicht auf Leitern klettern. Es finden sich erstaunlich wenige abgelaufene Gewürze zum Aussortieren, das hat wahrscheinlich mit dem Mottenbefall von vor einigen Monaten zu tun, da habe ich alles, was in Pulverform daherkam, vorsorglich entsorgt. Dafür stosse ich auf etwas anderes.

«Darf ich Ihnen unsere Attrrraktion Nummerrr zwei prrräsentieren: Die Sekundenfarbe! Sie brauchen bloss die Dose zu öffnen und – puff – haben Sie bunte Wände!»«

«Kommschonkommschonkommschon!», ruft Iggy.
Keinen Ton, hab ich gesagt! Ich merke mir allerdings: Wenn der Deckel sich bereits wölbt, sollte man die Tomatendose von 2008 nicht mehr aufmachen. Ich denke kurz über die nächsten Schritte

nach und entscheide mich für die Reihenfolge Hausbar – Putz-schrank – Badezimmer. Die innere Reinigung hat immer Priorität. Danach stosse ich die Türen zum Putzschrank auf und bin für einen Moment sprachlos.

«Darf ich Ihnen unsere Attrrraktion Nummerrr drrrei prrräsentie-ren: Die dadaistischen Gerümpelklumpen! Niemand weiss, welchen Ursprungs sie sind. Niemand weiss, woraus sie genau bestehen. Sie sind Meister der Tarnung, es gelingt ihnen in der Regel, sich un-sichtbar zu machen. Man sieht sie nicht, selbst, wenn man sie direkt vor der Nase hat. Allerdings können Störungen in der Matrix, aus-gelöst zum Beispiel durch Anomalien im pedulianischen Parallelu-niversum, diese Unsichtbarkeit vorübergehend auflösen.»

Das Problem mit dadaistischen Gerümpelklumpen: Hat man sie ein-mal irgendwo entdeckt, tauchen sie plötzlich auch an allen anderen Orten auf. Auf dem Weg in die Küche sind sie überall: Gerümpel-klumpen auf dem Schreibtisch, Gerümpelklumpen auf dem Wohn-zimmerregal. Das noch grössere Problem: Ich kann sie nun nicht mehr ungesehen machen.

Ich wasche die Sekundenfarbe von den Küchenwänden und wid-me mich dann mir selbst, das ist jedenfalls der Plan. Allerdings ist im Bad das Duschgel alle. Ich öffne den Badezimmerschrank und ziehe an allen Schubladen, auch an der zweitobersten, die seit Men-schengedenken klemmt und die wir deshalb ungefähr seit genau dieser Zeit nicht mehr geöffnet haben. Als ich nun etwas forscher zur Sache gehe, springt sie nicht nur auf, sondern zerspringt in ihre Einzelteile. Es regnet abgelaufene Pillen, blaue Plastikschmetterlin-ge – blaue Plastikschmetterlinge?! - und aus dem Hohlraum hinter der Schublade schaut mir der Grund für die Verklemmung entge-gen.

«Darrrf ich Ihnen Attrrraktion Nummerrr vierrr prrräsentieren: Der Bär, der älter ist als die Zeit!»

Jedenfalls älter als meine Zeit. Da sitzt, wie auch immer er da hingekommen ist, der Plüschbär, den ich zu meiner Geburt geschenkt bekommen habe. Er heisst Petzi und hat mich, als ich ein Kind war, überallhin begleitet. Wir hatten eine Geheimsprache, und jedes bestandene Abenteuer endete mit dem gleichen Ritual:

«Hust du uuch su unun Hungur?»

Ich weiss nicht mehr wieso, vielleicht, weil Bären eben brummen (und nicht brimmen oder brammen), jedenfalls war in unserer Geheimsprache nur der Vokal «u» zugelassen.

«Ju, uch hubu unun Burunhungur!»

«Dunn luss uns Pfunnkuchun muchun!»

Was natürlich hiess, dass Mama uns Pfannkuchen machte. Mit Apfelmus und Zimt. Damit war, welche Schlacht auch immer wir gemeinsam geschlagen hatten, die Sache offiziell ausgestanden.

Ich gehe mir dann mal Pfannkuchen machen.

«I LOVE KUNSTRASEN»

SONG No. 30

(Dienstag, 14. April)

An sich möchte ich heute etwas zur aktuellen Situation der Kunstschaffenden recherchieren. «Kunst» gebe ich bei Google ein, weiter komme ich nicht, denn die Suchfunktion ergänzt automatisch mit «aus Versehen». An zweiter Stelle erscheint:

«Kunstrasen, pflegeleicht und täuschend echt».

Ich wundere mich, dass Iggy sich nicht einschaltet, bei so viel unfreiwilliger Komik, sowas ist doch für ihn ein gefundenes Fressen.

«Och nö», sagt er. «Lass mal.»

Heute so friedfertig? Ich komme ins Grübeln.

Die Kunst, denke ich, wird auch ohne Rasen gerne genommen, solange sie pflegeleicht ist und täuschend echt. Im Moment ist es aber eher nicht so leicht, die Kunst zu pflegen.

Während herabgefallenes Laub ganz einfach mit einem Laubbläser oder einem normalen Laubrechen von Kunstrasen entfernt werden kann, ist es mit der Kunst komplexer.

Natürlich sammelt sich auch da das welke Laub, das liegt in der Natur der Sache: Gerade die Kunstgewächse, die ja einem besonders schnelllebigen Zyklus von Leben und Sterben unterliegen, die blühen heftig und sie verdorren rasch.

Sterben, Iggy, immer noch nicht das richtige Stichwort für dich?

Und während das welke Laub am Grund noch zu Humus wird, findet oben bereits das Neue zur vollen Blüte. Ein geschäftiges Treiben ist das. Wäre das.

Hätte nicht ein Schädling der Kultur per se die Nährstoffzufuhr abgedreht. Jetzt droht alles gleichzeitig zu verwelken. Was soll passieren mit all den serbelnden Gewächsen? Ab auf den Kompost?

Kunstrasen kommt ja vollkommen nährstofffrei über die Runden. Das könnte die Kunst sich doch mal zum Vorbild nehmen. Tut sie auch, zumindest teilweise. Sie liest, sie erklingt, sie swingt, durch den Bildschirm zu uns ins Wohnzimmer, frei Haus. Es ist ein Wildwuchs pro bono, der viele erfreut und manche mit Sorge erfüllt.

«Kulturschaffende», mahnen letztere, «verschenkt euch nicht im Internet! Zeigt allen durch euer Schweigen, was fehlt!»

Aber wie lange soll sie denn schweigen, die Kultur? Soll sie, während an vielen anderen Stellen die sehr nötigen und sehr detailreich geführten Gespräche über erste Wiedereröffnungen geführt werden, die Hände in den Schoss legen, zwischendurch bedeutungsvoll mit den Augen zwinkern und leise raunen:

«Habt ihr da nicht was vergessen? Na? Ihr kommt schon noch drauf!»

Ich fürchte, dass ein Schweigen in Zeiten wie diesen nicht die Chance hat, laut genug zu werden.

Manche Kunstgewächse wechseln das Beet und suchen sich ihren Nährstoff notgedrungen anderswo: Ich lese einen Artikel über die Theaterbesitzerin Christiane Reichert, die, um ihr Haus über Wasser zu halten, angefangen hat, bei Aldi zu arbeiten.

«Letzte Vorstellung», schreibt sie. «Requisiten verräumen. Heizungen aus. Kühlschränke ausstöpseln. Eine Mitarbeiterin fragt: 'Was machen wir mit den geöffneten Sektflaschen?' Na, was wohl? Austrinken! So stehen wir alle zusammen am Tresen: Schauspiel, Technik, Bühnenbild, und trinken noch ein Sektchen. 'Bis hoffentlich bald!'[13]»

«Bis hoffentlich bald!»

Ich frage mich, wie lange dieses Mantra noch trägt. So lange, wie die Taggelder weiterbezahlt werden? So lange, wie die Vermieter kulant sind und Mietanteile für Kulturräumlichkeiten erlassen?

«Wir leben davon, dass wir immer kreativ sind, dass wir Neues entwickeln», sagt eine Berliner Travestiekünstlerin. «Aber um das zu können, braucht man einen freien Geist. Und den hat man nicht,

---

13 *Aus dem Corona-Tagebuch von Christiane Reichert, RP Online, 14. April 2020*

wenn man sich fragen muss: Wie geht es weiter? Kann ich bald meine Wohnung noch bezahlen?»

Konzerthäuser, Kinos und Theater bleiben von den politischen Lockerungsübungen vorerst unberührt, sie spielen in den öffentlichen Überlegungen so gut wie keine Rolle. Statt dessen hält Bundesrätin Keller-Sutter den Zeitpunkt für gekommen, an die Zahlungsmoral der Schweizer Bürger zu appellieren.

«Vielleicht sollte ich wieder Brechtlieder singen», empört sich die Sängerin Vera Kaa.

Brecht, Iggy? Immer noch nicht?

«Die Kunst», schreibt die Süddeutsche, «wird zum Accessoire degradiert, dem man sich zuwendet, wenn alles andere geregelt ist.[14]»

Manchmal zucke ich zwischen Putz- und Schreibarbeit zusammen und frage mich: Wenn alles andere geregelt ist, wird es die Kulturlandschaft, wie wir sie kannten, noch geben? Werden die Menschen noch zu Konzerten, ins Theater und zu Lesungen gehen?

Iggy schweigt immer noch, und langsam dämmert mir, dass das überhaupt nichts mit Friedfertigkeit zu tun hat. Was ist schlimmer, als provoziert zu werden? Ignoriert zu werden.

Für Kunstrasen gibt es ein spezielles Unterleg-Vlies, das verhindert, dass die Halme beschädigt werden. Mit diesem Vlies nimmt der Rasen auch bei langem Frost keinen Schaden, steht in der Gebrauchsanleitung, und er bricht auch nicht beim Betreten. Insbesondere an den Rändern des Rasens sollte man darauf achten, dass das Vlies richtig verlegt ist.

Die Kunst hat kein Unterleg-Vlies, und das ist auch der Grund, weshalb selbst einer wie Iggy uns ignoriert. Wir haben keine Lobby. Wir sind nicht sichtbar. Bei uns gibt's nichts zu holen.

Mir wird Kunstrasen immer sympathischer, und vielleicht war diese Parallele von Google ja gar kein Versehen. Wir sollten nicht

---

14 *«Der Mensch ist mehr als eine abwaschbare Oberfläche», Süddeutsche Zeitung, 17. April 2020*

schweigen. Wir sollten im Gegenteil ziemlich laut werden. Wo ist unser Unterleg-Vlies? Wie könnte es aussehen? Es wird Zeit! Und Zeit ist so ziemlich das einzige, was die Kunst im Moment im Überfluss hat.

«OZEAN IN EINER NUSSSCHALE»

SONG No. 31

(Mittwoch, 15. April)

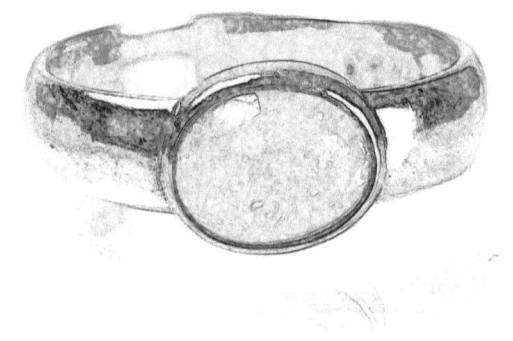

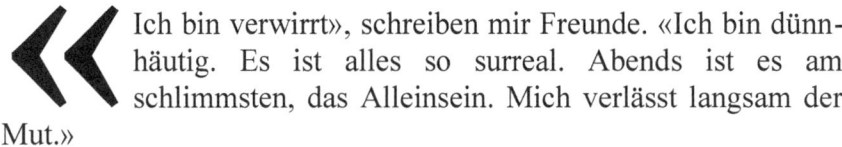 Ich bin verwirrt», schreiben mir Freunde. «Ich bin dünn-häutig. Es ist alles so surreal. Abends ist es am schlimmsten, das Alleinsein. Mich verlässt langsam der Mut.»

Ich lese das, ich spüre Iggy im Nacken und drehe an meinem Ring. Mir fällt auf, dass ich das oft tue in letzter Zeit.

Ich trage diesen Ring, ein schlichtes Silberband mit einem kleinen eingefassten Opal, seit Jahren Tag und Nacht. Der Stein ist mittler-weile vom vielen Tragen stumpf geworden. Wenn das Licht im richtigen Winkel drauffällt, kann man sie trotzdem noch erkennen, eine winzige halbmondförmige Bucht, umspült von einem kleinen Ozean. Mein Meer in einer Nussschale. Der Ring erinnert mich an wunderbare Tage in meinem Leben – und an eine der bemerkens-wertesten Nächte. Die Erinnerung trägt bis ins Heute hinein: Manchmal gelingt es mir, zurückzudenken und mich erneut daran aufzuladen.

Im Winter vor einigen Jahren, im Sommer, da, wo ich bin: Ich wan-dere einem langgezogenen Strand entlang, in einer einsamen Bucht mit dem klingenden Namen 'Wineglass Bay', auf einer kleinen Insel am anderen Ende der Welt.

Ich bin seit sechs Stunden allein unterwegs, auf meinem Rücken drückt das Zelt, und was ich suche, am entlegenen Ende dieser Bucht, ist genau das: Das Alleinsein. Ich suche das Abenteuer mit mir selbst in der Wildnis. Ich tue das zum ersten Mal und freue mich so sehr, wie ich Respekt habe. Es gibt hier draussen nur weni-ge Spuren der Zivilisation. Das eine oder andere Schild verweist auf Bushtracks, die tiefer in den Wald hineinführen. Keine Strassen, kein Handyempfang.

Ich schlage mein Zelt auf, zwischen Büschen, am Waldrand, mit Blick auf das Meer. Die Sonne steht schon tief. Ich wate ins Was-ser, das glasklar ist und tiefblau und ziemlich kalt.

«Wenn jetzt zuhause jemandem etwas passiert, werde ich es nicht erfahren.»

Ein Gedanke, der mich aus dem Nichts befällt. Es ist aber auch so richtig still, da hört man die eigenen Gedanken besonders gut.

Ich setze mich vor meinem Zelt in den Sand und esse Thunfisch aus der Dose. Meine Knöchel sind geschwollen und meine Schultern schmerzen, ein wohliger Schmerz, der von einem bestandenen Abenteuer erzählt.

Der Abend spannt sich über die Bucht, erste Sterne blinken auf. Ich ziehe das Moskitonetz zu und lege mich hin, mit Blick in den Himmel.

«Wunderschön», denke ich und dämmere weg.

Ein langgezogener Schrei aus dem Wald weckt mich. Was war das? Es ist jetzt dunkel, aber nicht gänzlich: Am Firmament platzt die Galaxie aus allen Nähten, ein fiebrig pulsierender Sternenhimmel, und aus dem Wald kommen weitere Schreie. Das ist doch sicher nur irgend ein harmloses Tier? Ein Kreischen, diesmal aus nächster Nähe. Irgend etwas zerrt an meinem Zelt. Ich erstarre.

«Ich werde heute Nacht hier sterben», denke ich.

«Einsam und allein. Eine wilde Bestie wird mich reissen, oder ein durchgeknallter Mensch mich meucheln, und niemand wird es erfahren.»

Das Fauchen, Kreischen, Zerren geht weiter. Ich habe Angst, und zu allem Überfluss drückt jetzt auch noch die Blase.

«Es war eine Scheissidee, hier alleine herzukommen!», denke ich.

«Was hab ich mir bloss dabei gedacht? Wenn ich das überlebe, haue ich ab, sobald die Sonne aufgeht!»

Kreischen, Zerren, Schreie aus dem Wald, mein Herz rast. Gedanken schlagen wie Wellen über mir zusammen.

«Hätte ich doch!»

Und: «Hätte ich doch bloss nicht!»

Meine Blase sticht, es wird unerträglich.

«Ich werde heute Nacht hier sterben und mir dabei in die Hose machen», denke ich.

Und das kommt, verdammt nochmal, überhaupt nicht in Frage! Ich greife nach meiner Taschenlampe und trete grimmig aus dem Zelt, auf alles gefasst. Das Kreischen erstirbt, der Lichtstrahl meiner Taschenlampe fällt auf einen Ast. Dort sitzt ein kleines katzenartiges Tierchen mit grossen Augen, das mindestens so verschreckt dreinschaut wie ich. Ich mache mir schon wieder fast in die Hose, diesmal vor Lachen.

Ich schaue in Ruhe nach, woran das Katzentier gezerrt hat. Mein Rucksack war's. Die halbleere Thunfischdose in meinem Rucksack. Ich verschliesse ihn anständig, danach ist Ruhe im Karton.

Mein Herzschlag beruhigt sich, ich schaue in den Himmel und denke:

«Ich haue morgen nicht hier ab, nicht mit diesem Gefühl! Ich möchte mich an diesen Ort mit einem schönen Gefühl erinnern. Jetzt bleibe ich erst recht!»

Und das tue ich dann auch. Ich bleibe, im Wissen, dass weiterhin alles mögliche passieren kann. Hier und anderswo. Ich habe keine Kontrolle darüber. Aber mein Gefühl für die Dinge, die passieren, mein Gefühl für die Menschen, an die ich denke, egal, wie weit sie weg sein mögen, das kann ich lenken, das gehört mir. Ich bin der Käpt'n auf diesem Schiff! Diese Gewissheit breitet sich in mir aus mit einer solchen Kraft, dass ich mich für die nächsten Tage und Wochen unverwüstlich fühle.

Ein anderer Teilzeit-Eremit leistet mir Gesellschaft und erklärt mir, dass das fauchende Katzentier ein Opossum war und das schreiende Wesen aus dem Wald ein Kookaburra, ein harmloser kleiner Vogel mit neckischen Stirnfransen. Wir trinken Tee, Kaffee wäre mir lieber gewesen, aber diese Australier und ihre Liebe zum Tee! Immerhin hat er, im Gegensatz zu mir, einen Gaskocher dabei, ich kann sogar meine Dosenbohnen warm machen. Mit einer Schüssel voll warmer Bohnen, und es gibt nichts Schöneres an einem kühlen Morgen, nach einer Nacht auf einer bretthärten Zeltmatte, wate ich ins Wasser, um einen neugierigen Rochen zu begrüssen. Als ich die

Weinglasbucht zwei Tage später verlasse, ist sie nicht der Ort der Dunkelheit und der Monster, zu dem sie leicht hätte werden können, sondern der schönste Flecken Erde der Welt. Ich bin noch viele Wochen unterwegs und begegne vielen Orten, die Schatten werfen, aus denen Monster treten könnten. Ich habe aber kein Interesse. Und als ich, am Ende meiner Reise, auf einem Markt in Hobart diesen Ring finde, mit einer kleinen Bucht in einer Nussschale aus Opal, wird er zum Insignium für meine kleine nächtliche Eingebung.

«Ich bin dünnhäutig», schreiben meine Freunde. «Ich verliere langsam den Mut.»

Es gibt gerade viele Nächte, die dazu verleiten könnten, den Mut zu verlieren, abhauen zu wollen, wohin auch immer, jedenfalls weg aus diesem Zustand, weg von Iggy und seiner Krachband.

Mir hilft das Prinzip des Perspektivenwechsels. Ich kann mir die Gewässer, die ich durchsegle, nicht immer aussuchen, aber der Käpt'n bin ich. Und die Kraft, die ich spürte, sie ist überall, jeder Funke davon ist mir Antrieb.

«Wer liebt», beschliesst ein Freund unseren Austausch, «leidet erträglicher.»

Und, als kleiner Tipp für Ermutigte:

«Setzt den Fuss gelegentlich in den Himmel. Er trägt.»

«DIE ACHT GLORREICHEN CORONA-SIEBEN»

SONG NO. 32

(Donnerstag, 16. April)

‹‹ Ach, Corona ist doch sowieso eine Verschwörung!» Das höre ich in den letzten Tagen ständig. In Wirklichkeit seien es dunkle Mächte, so sind sich einige einig, die Corona über die Welt bringen wollen.

«Ich fühle mich geschmeichelt!», sagt Iggy.

Ich frage mich, ein bisschen verzweifelt: Wo bleiben eigentlich die Superhelden? Dunkle Mächte werden doch traditionell von Superhelden bekämpft. Was würde passieren, wenn man all die pandemischen Figuren-Neuerscheinungen an einem Tisch versammeln würde? Würden die sich dann zu einer neuen Superheldengruppe formieren und ausziehen, das Böse zu bekämpfen? Die glorreichen Corona-Sieben gegen Iggy und die Krachband?

Es kann ja nicht schaden, das Ganze mal durchzuspielen. Ich versammle also an einem Tisch: Den Waldgott, den angepissten Osterhasen, die beiden Wurzen von der Wurzenalp, Heidi Hetzer, Kurtis Blow, das braune Wiesel Eva und Helge, das Käsebrot.

Der Waldgott eröffnet die Runde. Ein sphärisches Rauschen begleitet seine Stimme, das möglicherweise daher rührt, dass er für gewöhnlich telepathisch kommuniziert und seine Gedanken hier der Einfachheit halber in die direkte Rede übertragen sind. Vielleicht ist es aber auch einfach der Wald, der rauscht.

Der angepisste Osterhase spricht mit der Stimme von Bud Spencer, beziehungsweise mit der deutschen Synchronstimme von Bud Spencer, und klingt ein bisschen, als hätte er ein Reibeisen verschluckt, er ist aber grundsätzlich gut zu verstehen.

Beim braunen Wiesel Eva muss man hingegen die Ohren spitzen, es hat eine ausgeprägte Tendenz zum Säuseln.

Und auch bei den anderen ist es knifflig: Die Wurzen sprechen mit einem sehr starken schweizerdeutschen Akzent, Heidi berlinert, Kurtis hat einen kaugummiamerikanischen Einschlag und Helge, das Käsebrot, redet ständig mit vollem Mund.

Wenn man darüber hinwegsieht, hat sich hier aber eine mit allen Wassern gewaschene Taskforce zusammengefunden, die bereit ist, für die Rettung der Welt bis zum Äussersten zu gehen.

Waldgott: «Wir haben uns hier versammelt, weil wir uns zu einer neuen Superheldengruppe zusammenschliessen wollen. Wir sind die glorreichen Corona-Sieben und wir ziehen aus, das Böse zu bekämpfen.»

Angepisster Osterhase: «Acht.»

Waldgott: «Hm?»

Angepisster Osterhase: «Kannst du nicht zählen? Wir sind acht!»

Waldgott: «Dann eben acht. Wir sind die acht glorreichen Corona-Sieben, uns wir ziehen aus, das Böse zu bekämpfen.»

Wurzen: «Klingt super! Und wer kriegt denn jetzt konkret auf den Deckel?»

Braunes Wiesel Eva: «Die Wirtschaft. Jeder weiss doch, dass Covid-19 nur da war, um eine Wirtschaftskrise zu vertuschen.»

Angepisster Osterhase: «Das glaubst du ernsthaft? Ich habe eine ganz andere Theorie: Man sperrt uns zuhause ein, damit die Regierung bei den Tauben die Batterien wechseln kann.»

Die Wurzen: «Bei den Tauben?»

Angepisster Osterhase: «Weiss doch jeder, dass das in Wirklichkeit Kameras sind mit Mikrophonen!»

Heidi: «Dann ist das bei mir auf dem Autodach keine Taubenscheisse, sondern Batteriesäure? Ja, dann sollen die aber wirklich subito jewechselt werden!»

Kurtis: «Diese Akkus haben ja ewig gehalten! Ich meine, sind das Uranstäbe? Do they ever break? Respect an die Techniker!»

Waldgott: «Kinners, das Gerücht kann man leicht widerlegen. Weiss doch jeder, dass die Überwachungstauben über Induktion auf den Stromkabeln geladen werden!»

Heidi: «Ach, deshalb haben sie Tesla nach Brandenburg geholt. Jetzt wird mir einiges klar!»

Die Wurzen: «Bei uns vögeln die Tauben ständig auf dem Dach. Bedeutet das Datenaustausch?»

Kurtis: «Plug and play!»

Angepisster Osterhase: «Der Rat der Echsenmenschen ist empört!»

Heidi: «Da steckt sicher die Schweiz dahinter, da wird ja 5G umgesetzt.»

Helge, das Käsebrot: «Hmm, Schweiz, Käsebrot! Sexy Schweizer Käsebrot!»

Wurzen: «Also kriegt die Schweiz auf den Deckel, ja?»

Angepisster Osterhase: «Nein, China! Angeblich sind die Überwachungstauben schon mit der neuen 6G-Technologie aus China ausgestattet.»

Heidi: «Die kann dann aber noch nicht ausjereift sein. Jeder weiss doch, dass in China die Vögel vom Himmel fallen!»

Kurtis: «A propos Himmel: Die Echsenmenschen wollen doch einfach ungestört die Tanks für die Chemtrails wieder auffüllen, damit wir nicht merken, dass die Welt in Wahrheit eine Scheibe ist.»

Wurzen: «Also kriegen die Reptiloiden auf den Deckel?»

Braunes Wiesel Eva: «Ich komm' gleich zu euch, will aber das Thema 5G noch einmal aufgreifen. In China sind die Menschen deshalb ja stangerlgrad umgefallen. Ich glaube schon, dass diese Komponente von 5G und Covid eine Rolle spielt.»

Waldgott: «Kombination. Sie meint Kombination.»

Braunes Wiesel Eva: «Und gleichzeitig sagt US-Präsident Trump: 'Hello!' Wir haben ein ganz tolles Malaria-Mittel, Chloroquin, das heilt jeden Covid-Kranken innerhalb von sechs Tagen zu 100%!»

Kurtis: «Trump, der alte Cockwomble, der kann doch einpacken! Breaking: Bill Gates hat schon längst einen Impfstoff!»

Wurzen: «Cockwomble klingt nach einer schottischen Schweinerei!»

Kurtis: «Ist es auch. Cockwomble ist die schottische Definition einer normalerweise männlichen Person, die bekannt ist für ihre unerhört dummen Aussagen und ihr unerhört unangemessenes Verhalten, die aber gleichzeitig eine unerhört hohe Meinung von sich selbst hat.»

Wurzen: «Schottland, die englische Sprache steht für immer in deiner Schuld!»

Heidi: «Ich halte es schon für möglich, dass Bill Gates hinter Corona steckt, aber nicht wegen seines Impfstoffes, der ist ja noch nicht einmal in der Testphase. Sondern weil jetzt alle sein beknacktes 'Teams' benutzen müssen!»

Wurzen: «Mit anderen Worten: Kill Bill?»

Helge, das Käsebrot: «Habt ihr schon Mal daran gedacht, das die Regierung nur deshalb nicht will, dass wir rausgehen, weil sie uns mit einem riesigen Wasserrutschenpark überraschen will?»

Braunes Wiesel Eva: «Wir sind uns einig: Eine neue Weltordnung ist viral gegangen!»

Angepisster Osterhase: «Das Dunkle, das im Moment wie ein Kraken die ganze Welt umhüllt, das ist das letzte Aufbäumen. Ich glaube, dass es bald vorbei ist.»

Heidi: «Das Dunkle nennt man Nacht. Das ist morgen bei Sonnenaufgang vorbei. Warum bist du eigentlich immer so negativ?»

Wurzen: «Genau! Im Gegensatz zu uns darfst du immerhin frei über die Wiesen hoppeln!»

Angepisster Osterhase: «Ihr seid gut! Ausgebrannt bin ich! Unsereiner durfte ja in der letzten Zeit nicht in Kurzarbeit gehen. Ausserdem muss ich euch was gestehen: Ich weiss nicht, woher die ganzen Eier kommen. Und ich weiss nicht, weshalb ich sie verstecke. Ich werde darüber noch ganz depressiv.»

Helge, das Käsebrot: «Eier! Mit Käsebrot!»

Braunes Wiesel Eva: «A propos Brotzeit: Ich müsste dann mal an die Ladestation.»

Heidi: «Hase?»

Angepisster Osterhase: «Hm?»

Heidi: «Bevor bevor du dir selbst Depressionen oder einen Minderwertigkeitskomplex diagnostizierst, stelle sicher, dass du nicht einfach nur von Arschlöchern umgeben bist.»

Wurzen: «Genau! Die Arschlöcher kriegen auf den Deckel!»

Waldgott: «Ich fürchte, dagegen kommen wir nicht an. Nicht gegen das Arschloch-Virus.»

Kurtis: «Heisst das, die Mission ist... broken?»

Hase: «Und nu?»

Waldgott: «Jägerschnitzel?[15]»

---

15 *Der Dialog enthält Twitter-Zitate von: Marco – das Original©, Frohedadrin, Sumpfkuh, Frank Barnitzke, Milu, Anne_starringat4walls, Herr_Wärter, Matz-Dreck, Welle, Gebbi Gibson, Gammel*
Zitate aus Friedemann Weises Video-Recherche zu 'Spinner über Corona', zu finden auf Facebook
Und ein Zitat von Sigmund Freud

«DER MENSCH IST KEINE ABWASCHBARE OBERFLÄCHE»

SONG NO. 33

(Freitag, 17. April)

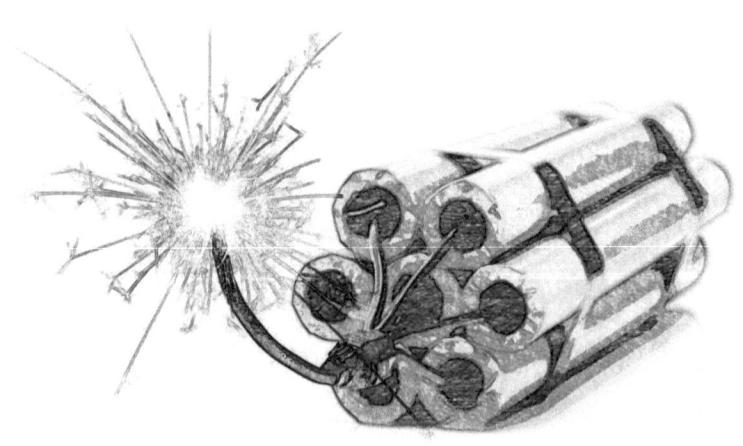

S eit Iggy Flop das Ruder übernommen hat, sind etwas mehr als vier Wochen vergangen. Es sind nur vier Wochen. Und es sind gleichzeitig vier Wochen, die sich anfühlen wie ein ganzes Zeitalter. Von der Frühzeit der Angst und Unsicherheit über das Mittelalter des Mitgefühls und der Solidarität unter Nachbarn mitten hinein in den kalten Krieg der Neuzeit, den Krieg zwischen den Corona-Fronten. Manche schreien nach Lockerungen, andere schreien:

«Ihr Mörder, ihr!»
Über allem liegt ein tendenziöser Anstrich, Propheten gegen Heilige, wer nicht für mich ist, der ist gegen mich.

«Ich bin hungrig», flüstert Iggy. «Ich bin hungrig. Gib mir etwas! Fütter' mich!»

«Wir können das Land ruhig wieder öffnen», sagen die einen. «Die Menschen brauchen sich bloss ein bisschen Desinfektionsmittel injizieren, dann klappt das schon.»
«Eine Öffnung ist für die Wirtschaft lebenswichtig!», sagen die einen. «Sonst wird es Massenentlassungen geben.»
«Wir müssen die Schulen bald wieder öffnen», sagen die einen. «Und damit die Kinder den versäumten Schulstoff nachholen können, verkürzen wir die Sommerferien!»
«Die Gefahr ist ja gefühlt vorüber», sagt Claus, und ich ertappe mich dabei, dass ich das auch so empfinde. Ich ertappe mich dabei, dass ich mich darauf freue, nachhause zu fahren, weil ich davon ausgehe, dass die Schweiz die Grenze zu Deutschland bald wieder öffnet. Ich ertappe mich dabei, dass ich Zeitungsmeldungen darüber, dass die Deutschen kein Klopapier mehr hamstern, innerlich mit einem Lächeln quittiere und denke:
«Na siehste, alles kehrt zurück zur Normalität!»
«Aber vielleicht», sagt Claus, «wiegen wir uns da in falscher Sicherheit.»
«Ich bin hungrig», flüstert Iggy.

«Jeder Kontakt ist einer zu viel», sagen die anderen.

«An eine Öffnung der Schulen ist überhaupt nicht zu denken», sagen die anderen. «Nicht vor dem Herbst.»

«Ich habe Angst, dass wir den ganzen Vorsprung wieder verspielen», sagen die anderen.

«Ich rechne mit einer zweiten Welle, und sie wird viel schlimmer sein als die erste.»

Jene, die das sagen, bekommen dafür Morddrohungen aus dem gegnerischen Lager. Es geht immer noch eine Schippe krasser. Wer nicht für mich ist, der ist gegen mich.

Ich ertappe mich dabei, dass ich mich darauf einstelle, dass das alles noch Monate dauern kann, dass ich mich auf das Schlimmste gefasst machen muss, dass ich mich von diesen Krassheitsschlieren, die das Fahrwasser der Pandemie durchziehen, einholen lasse. Immerhin brennt in Tschernobyl gleichzeitig der Wald, wir steuern auf eine Dürrekatastrophe zu, und wenn morgen ein mit Alieneiern gefüllter Meteor auf die Erde zusteuern würde, würde mich das auch nicht wundern!

«Willkommen im Club», schreibt mir ein Bekannter, als ich ihm meine Gedanken mitteile.

«Corona ist harmlos und eine Verschwörung», sagen die einen.

«Wie könnt ihr über Lockerungen nachdenken, ihr Mörder!» sagen die anderen.

«Müdels», schreibe ich meine Freundinnen an, der Verschreiber des Tages.

Ich bin verwirrt. Ich bin gespalten. Und mir fehlt zwischen den Corona-Fronten oft der Boden: Mal fühle ich mich von den eigenen Ängsten auf's Glatteis geführt, mal von den eigenen Hoffnungen. Befeuert wird das von einer Diskussion, die überall um mich herum geführt wird, die scheinbar nur dissonante Akkorde anschlagen kann, die keine Zwischentöne kennt, die immer lauter wird und...

«...ich bin hungrig!», schreit Iggy, als ich gerade die Fernsehsendung eines Kabarettisten schaue, der mir auf den Wecker geht, weil er gegen einen heiligen Grundsatz des Kabaretts verstösst: Es vertritt die Stimme der Minderheit. Der Mann kennt diesen Grundsatz entweder nicht oder er versteht ihn falsch, jedenfalls kehrt er ihn um und drischt, unter dem Deckmantel von Corona, auf Minderheiten ein. Er müsste seine Stimme nutzen, die Menschen zu ermutigen, denke ich. Statt dessen missbraucht er sie, Ressentiments zu schüren und die Menschen zu verunsichern. Der macht mich so wütend, dieser Typ!

«Endlich!», schreit Iggy. «Ich bin hungrig! Gib mir etwas! Fütter' mich!» Und in diesem Moment springt der Funke über.

«Halt die Fresse!», schreie ich den Kabarettisten an.

«Jaaaa!», schreit Iggy. «Gib mir mehr!»

«Halt die Fresse!», schreie ich noch einmal, diesmal auf Twitter.

«Aaaaaah!», kreischt Iggy, völlig entfesselt, und mir wird plötzlich ein bisschen schlecht.

Was von meiner Wut übrig bleibt, ist ein kleines Shitstörmchen, das ich mit meiner Tirade auf mich gezogen habe. Nicht der Rede Wert im Vergleich dazu, womit andere sich herumschlagen. Aber es verstört mich über die Massen. Ich lösche sofort alles wieder und komme mir dann feige vor, ich versuche mich in trotzigen 'Man wird ja wohl noch für seine Meinung einstehen dürfen'-Attitüden und schüttle das Widerstandsfäustchen, dann trinke ich viel zu viel Whisky und habe am nächsten Tag Kopfschmerzen.

«Du warst gestern sehr mutig!», spricht Melanie mir gut zu.

«Ich war einfach sehr wütend», denke ich, voller Beklemmung, «und habe diesem Impuls nachgegeben.»

«Wer austeilt, muss auch einstecken können», sagt Claus und hat damit sicherlich recht, aber eigentlich will ich beides nicht. Ich will nicht zur Polterin werden und stolz darauf sein, dass es mich nicht anficht, wenn andere zurückpoltern. Der kleine Wutstrudel, den ich mit meiner Aussage angezogen habe, er hat mir vor Augen geführt, wie schnell die Giftspirale ins Rotieren kommt, wie schnell Wut noch viel mehr Wut anzieht.

«Aaaaah!», kreischt Iggy, unten auf der Strasse, nachts um drei, während Nicole in ihr Megaphon brüllt, dass der Staat uns einsperren will. Freddie Mercury hat mal gesagt: In die Mitte packen wir den Schrott.

Wenn das hier ein Konzert ist, dann habe ich jetzt genug von diesem Mittelteil. Ich bin so müde. Ich möchte Iggy nicht mehr füttern.

«All die geschäftigen Brotback-Selfies und rosaroten Mutmach-Memes», schreibt die Süddeutsche, «können ja nicht darüber hinwegtäuschen, dass die wochenlange Isolation kein 'Challenge' ist, sondern eine Verheerung, ein Einbruch der emotionalen und sozialen Grundversorgung. Der Mensch ist mehr als eine abwaschbare Oberfläche.[16]»

Genau dieser Boden, er fehlt mir. Ich habe genug von 'dafür' und 'dagegen'. Corona hinterlässt Spuren, hinterlässt Wunden, in uns allen. Wir sind alle gezeichnet und wir müssen lernen, damit umzugehen, das ist das Sammelbecken, in dem wir alle landen, egal aus welchem Lager. Wer es darauf anlegt, dass hier wirklich etwas heilt, dem bleibt nichts nichts anderes übrig als – gegenseitige - Fellpflege. Mein Fazit nach vier Wochen: Willkommen im Club.

---

16 *«Der Mensch ist mehr als eine abwaschbare Oberfläche», Süddeutsche Zeitung, 17. April 2020*

«DIE GRÖSSTE GEBURTSTAGSPARTY DER WELT»

SONG No. 34

(Samstag, 18. April)

Heute hätten wir ein grosses Fest gefeiert, mit Freunden und mit der Familie. Aus ganz Berlin und aus der halben Welt wären sie gekommen, um mit Claus in seinen siebenundsiebzigsten Geburtstag 'reinzufeiern. Zweimal die sieben, eine wunderschöne Zahl, die wir viel interessanter fanden als den nächsten runden Geburtstag. Denn wo stösst man standesgemäss auf eine Schnapszahl an? Natürlich in einer Bar! Noch besser: In einer Berliner Bar! Alles war schon organisiert, Wein und Buletten à gogo.

Und nun sitzen wir um Mitternacht zuhause auf dem Sofa und essen zu zweit von meinem berühmten Schokoladenkuchen, der eigentlich gehaltvoll genug wäre für die Grossfamilie, die jetzt nicht da ist. Claus fischt eine Whiskyflasche aus der Kiste, die wir bestellt haben für die Freunde, die jetzt nicht da sind.

«Ich wollte immer die siebenundsiebzig schaffen», sagt er und hebt sein Glas.

«Das zumindest ist mir gelungen!»

Er sieht froh aus, aber nicht fröhlich, nicht quietschvergnügt und quicklebendig wie einer, der gerade der Mittelpunkt einer bebenden Party ist.

Ich würde jetzt gerne die Zeit zurückdrehen und die Türe zu einer anderen Welt aufstossen. Zu einer Welt, in der sie alle hier sein und mit uns feiern könnten. Und zwar wirklich alle, auch jene aus den entlegensten Winkeln, die gar keine Zeit oder kein Geld gehabt hätten, zu uns kommen.

«Wir brauchen ein drittes Glas», sage ich entschlossen, dann drehe ich die Zeit zurück und stosse die Türe auf.

Herein kommt Melanie. Sie überreicht Claus eine neu angefertigte Schiebermütze aus Leder, die er sich sofort aufsetzt und vergnügt darunter hervor strahlt.

«Gut siehst du aus!», rufen wir unisono, er streicht sich verlegen durch den Bart. Wir stossen an, mit seinem Lieblingswhisky und singen 'Hoch sollst du leben!'.

«Wird hier etwa ohne mich Whisky getrunken?»
Paps stiefelt ins Wohnzimmer, in voller Bikermontur.
«Ich hole dir sofort ein Glas», ruft Claus, aber Paps winkt ab.
«Lass uns doch erstmal eine Runde drehen!»
Während die beiden auf dem Motorrad durch den Grunewald knattern, drehen wir die Musik auf und tanzen zu 'Born to be wild'.

Das Wohnzimmer füllt sich langsam. Mama hat sich wie immer in Schale geworfen, chic in schwarz und in einen ihrer bunten Seidenmäntel gehüllt. Ruth trägt ihre neue gelbe Sonnenbrille und bekommt dafür viele Komplimente. Jacken fliegen auf's Bett, in der Küche knallen die Sektkorken. Lena kommt im lässig-schicken Hosenanzug und mit geflochtenem Haar, ihr Freund Gabriel trägt einen Werkzeugkasten – ins Bad, wo er als erstes die Schublade repariert, die ich in ihre Einzelteile zerlegt habe.
Paps und Claus kommen zurück, gerade rechtzeitig, denn unten auf der Strasse hupt es: Lukas Pablo fährt in einem alten VW-Bulli vor, quer über die Seite ist in knallbunten Farben 'Happy Birthday' gesprayt.
«Meine Damen und Herren!», ruft Lukas und zieht mit einer schwungvoll-eleganten Bewegung die Schiebetür auf.
Alle stürmen auf den Balkon. Aus dem Bulli tritt die Vera Kaa auf den Gehsteig und singt, begleitet von ihrer Band, die Seeräuberjenny.
Wir reichen Claus eine Zigarre dazu und den guten Wein von Herbert. Die Balkone in der Xantener füllen sich schnell, die ganze Strasse jubelt und johlt. Selbstverständlich gibt es eine Zugabe und dann noch eine.
Danach wird es Zeit für's Dinner. Wir ziehen um in ein sehr spezielles Berliner Restaurant, dort gibt es ein reichhaltiges Vorspeisenbuffet. Beim Anstehen werde ich Zeugin, wie Claus' Hausarzt einem vollkommen Fremden erzählt, dass er längst Insolvenz angemeldet hätte, wenn alle seine Patienten so gesund wären wie Claus.
Der Fremde sieht ein bisschen verloren aus, deshalb frage ich

ihn, ob er Hilfe benötige. Er erklärt mir, er sei der dritte stellvertretende Staatssekretär aus dem Bundespräsidialamt mit einem Glückwunschschreiben, ob ich ihm denn vielleicht den Empfang quittieren könne, aber bevor ich etwas erwidern kann, zupft mich eine Frau am Ärmel. Sie sei die Vorsitzende des Matula-Fanclubs, ob es möglich sei, eine kleine Rede zu halten.

«Ich bin gleich bei Ihnen», sage ich, aber als ich mich noch einmal nach dem Staatssekretär umdrehe, ist er bereits im Getümmel verschwunden.

Und dann wird der Hauptgang serviert: Ente und Eisbein und für jene, die wollen, auch Fondue. Ich vertröste die Vorsitzende auf nach dem Essen.

Claus isst ein bisschen weniger als die anderen, dafür trinken wir alle viel Wein. Ich habe kaum die Gabel neben den Teller gelegt, da sehe ich aus dem Augenwinkel, wie die Fanclub-Vorsitzende mich wieder ins Visier nimmt, mit einem alarmierend dicken Papierstapel unter dem Arm.

Diesmal wird sie von einem Tusch ausgebremst und von der Trockeneisnebelmaschine, die im hinteren Bereich des Restaurants zischend anspringt: Ein Vorhang wird aufgezogen.

Auf der Bühne steht, in gleissendes Licht getaucht, Freddie Mercury im Marilyn Monroe-Kleid. Katharina Thalbach und Hildegard Knef treten links und rechts an seine Seite. Der ganze Saal hält den Atem an, man könnte eine Stecknadel zu Boden fallen hören.

«Happy Birthday», setzt Freddie solo an, in seinem unverwechselbaren gläsernen Falsett, dann fliegt mit einem Knall die Tür auf:

«Steuerfahndung!»

«Vorhang!», ruft Daniel, der die Gesangseinlage organisiert hat.
Ein kleiner Tumult bricht aus. Ich wühle mich zu den Herrschaften von der Steuerfahndung durch und erkläre ihnen, dass sie sich wohl in der Haustüre geirrt haben. Sie lassen sich erst dazu bewegen, das Lokal zu verlassen, als der dritte stellvertretende Staatssekretär ih-

nen damit droht, den Bundespräsidenten einzuschalten. Zur Belohnung quittiert Claus ihm persönlich das Gratulationsschreiben.

Das Mercury-Thalbach-Knef-Trio bringt sich erneut in Stellung.
«Jetzt bringen wir hier aber mal ein bisschen Schwung in die An-
gelegenheit», reibeist Kathi und versteigt sich zu einem etwas abge-
drehten 'Happy Birthday, Mister German President', Freddie und
Hilde setzen glucksend ein. Daniel winkt mich zunehmend hektisch
auf die Bühne, und, stimmt, da war doch was: Wir haben uns ja als
Backvocals für den Song angeboten!
   Wir ziehen das Tempo an und beenden die Einlage als funky
Disconummer, zu der alle mittanzen.

Nun muss ich aber kurz vor die Türe, mir ist richtig heiß geworden!
Auf dem Weg nach draussen gibt mir die Fanclub-Vorsitzende per
Handzeichen zu verstehen, dass sie nach wie vor gerne ihre Rede
halten würde. Ich deute auf den Tresen, an dem sich alle um Freddie, Kathi, Claus und Hilde scharen, die sich einen Whisky gönnen
und in Geschichten aus alten Zeiten schwelgen. Ganz schlechtes Timing!
   Draussen treffe ich auf den Journalisten Andreas Kurtz, der mit
den Steuerfahndern diskutiert, ob nicht trotzdem eine Belohnung
drin ist, und nun wird mir auch klar, wer ihnen den Tipp gegeben
hat, aber: Schwamm drüber, die Einlage war jedenfalls schön aben-
teuerlich! Die Diskussion erstirbt, als einer plötzlich ruft:
   «Ja, was haben wir denn da?»
   Eine schillernde Fee kommt uns entgegen, mit einem Zuckerwat-
tewagen, ich erkenne erst auf den zweiten Blick, dass es Rona ist.
Sie stellt den Wagen ab, hebt eine brennende Fackel in die Höhe
und bringt sich damit vor dem Fenster des Restaurants in Stellung.
Sofort strömen alle nach draussen: Die Gelegenheit, einer Fee beim
Feuerspucken zuzuschauen, die kommt so schnell nicht wieder.
Ausserdem gibt es jetzt Zuckerwatte!

Claus bekommt die erste. Ausserdem darf er drei Wünsche aussprechen, die Rona-Fee delegiert sie per Zauberstab ans Universum,
während Lena auf der Gitarre 'Space Oddity' von David Bowie an-
stimmt.

Die Menschen, Partygäste und Passanten, schunkeln andächtig
mit. Auf einmal steht ein Astronaut neben Lena, und ich frage mich,
ob das jetzt die nächste eine Show-Einlage wird, aber dann erkenne
ich meine Tante Sonja unter dem Helm.

«An sich wollte ich mit Claus auf die Suche nach Mr. Spock»,
sagt sie, «aber hier ist mehr los!»

Auf Siljas Wunsch ziehen wir weiter in die kleine Weltlaterne, wo
die 'New Orleans Hot Peppers' um punkt Mitternacht eine Dixiejaz-
z-Variante von 'Happy Birthday' vom Stapel lassen, die alle von den
Stühlen reisst. Ab jetzt ist kein Halten mehr: Wir singen und tanzen
bis wir heiser werden und Muskelkater bekommen.

Am wildesten tanzen die beiden Grossmütter Lotti und Liliane,
sogar auf die Tische steigen sie. Immerhin: Sie dürften um einiges
jünger sein als die Bandbesetzung.

Als niemand mehr kann und der Sänger, der sicher doppelt so alt
ist wie Claus, sich für den tollen Applaus bedankt, sieht die Fanclub-Vorsitzende ihre Stunde gekommen: Sie schnappt sich das Mi-
kro, setzt zu ihrer Rede an und schläft dann im Stehen ein. Da ist
wohl in der Zwischenzeit zu viel Wein geflossen.

Und weiter dreht sich der Reigen, durch eine ganze Reihe von
schummrigen Cocktailbars, bis sich der harte Kern schliesslich in
die Xantener zurückzieht. Dort zünden wir alle 77 Kerzen auf dem
Schokoladenkuchen noch einmal an.

«Hoch soll er leben!», jubeln die Verbliebenen, und Claus pustet
alle Kerzen in einem Rutsch aus. Wir klatschen und lachen, und ich
singe, angemessen heiser:

«Mit 77 Jahren, da fängt das Leben an».

Wir weinen ein bisschen vor Rührung und philosophieren dann, bis

die Sonne aufgeht. Es kommt zu diversen scharadenartigen Ein-
lagen zwischen Claus und unserem Schwager Nishant, die ausser
den beiden niemand versteht. Ich bin mir ziemlich sicher, dass sie
sich auch gegenseitig nicht verstehen. Das hindert sie aber nicht
daran, sich kaputtzulachen, was ziemlich ansteckend ist.

Irgendwann läuft 'Enjoy the silence' von Depeche Mode. Die wenigen, die noch stehen können, tanzen dazu, die nicht mehr stehen
können, wiegen mit geschlossenen Augen die Köpfe.

Und dann, als alle anderen im Bett sind, setzen wir unseren Fuss
in den Himmel und düsen im Sauseschritt zu Lisa nach Basel, um
mit ihr den legendären Kasernendurchbruch zum Rhein zu feiern.
Claus darf als erstes durch diese hohle Gasse gehen, ich folge ihm,
und stelle fast, dass auf der anderen Seite gar nicht der Rhein ist
sondern das Meer. Nach einem morgendlichen Tauchgang mit Ju-
liane kommt uns Maike entgegen, mit Kir Royal. Wir setzen uns auf
die Terrasse vor unserem Ferienhäuschen in Sainte Maxime. Im
Hintergrund läuft Air, es riecht nach gegrilltem Fisch. Wir beteuern
uns, dass wir uns zu wenig sehen und dies unbedingt ändern müssen, und geniessen einfach das gemeinsame Sein. Und dann schlafen wir wie die Steine.

Als ich aus dieser Fantasie wieder aufwache, will mir für einen Moment der Schädel brummen, so real kommt mir die Geburtstagsparty vor, wie unsere Familie und unsere Freunde, als ich sie danach
gefragt habe, sie sich ausgemalt haben.

Auch wenn ich liebend gerne das echte Fest gefeiert hätte: Unsere gesammelten Visionen kommen gefühlt genauso erlebt daher. Ich
gebe sie weiter an Claus, als das vielleicht stimmigste Geburtstags-
geschenk seit vielen Jahren.

Lauren Bacall hat mal gesagt:

«Phantasie ist der Versuchsballon, den man am höchsten steigen
lassen kann!»

In Zeiten wie diesen scheint mir das besonders kostbar. Vieles lässt
sich beschneiden. Die Fantasie gehört nicht dazu.

«ABGESANG»

OUTRO

(Sonntag, 19. April)

Mit 77 Jahren, da fängt das Leben an – und der Lockdown hört nicht auf, noch nicht, aber Iggy und seine Krachband schlagen zunehmend leisere Töne an. Das Getöse hat an Schrecken verloren, und die Zuversicht, dass wir mit Corona irgendwie fertig werden, wächst.

Der Mensch ist ein Gewohnheitstier, das sich erstaunlich schnell an veränderte Zustände gewöhnt. Ich habe mich daran gewöhnt, dass in Zeiten wie diesen Kreativität gefragt ist.

Wir feiern den Geburtstag dann doch noch in echt, ganze sechs Personen. Wir machen einen Bootsausflug auf den Müggelsee, und weil pro Boot nur zwei Personen erlaubt sind, bilden wir eben einen Bootsverbund: Mitten auf dem See binden wir unsere drei Nussschalen aneinander und prosten einander zu, von Reling zu Reling. Es zieht wie Hechtsuppe, ich bin nicht warm genug angezogen, auf dem Boot gibt's kein Klo, die Blase drückt ständig, und trotzdem: Schön, hier draussen auf dem Wasser zu sein, unter einem wolkenlosen Himmel, mit anderen Menschen, die nicht nur hinter Glas lachen. Claus zieht sich sein Geschenk auf, eine hübsche selbstgenähte Stoffmaske.

Später kommen Freunde zum Essen. Unser Tisch ist gross genug, den gebotenen Abstand einzuhalten. Das Essen kommt von Rosario: Eine riesige Schüssel Spaghetti mit Tomatensauce, wie damals auf dem Kindergeburtstag.

«Ach, Rosario!», rufen wir aus. «Das schaffen wir nie!»

Weil's so gut passt, drehen wir italienische Musik auf und trinken italienischen Rotwein. Bei guten Gesprächen vergeht ein fröhlicher Abend wie im Flug. Und die Spaghettischüssel wird ganz nebenbei dann doch fast leer.

Als die Freunde gegangen sind, setzen wir uns auf einen Absacker auf den Balkon, und mir ist zum ersten Mal seit Wochen richtig leicht um's Herz. Der heutige Tag war ein Tag der leisen Töne, er gehörte den Menschen, die ihre Stimme nutzen, um anderen Mut zu machen. Es gibt sie überall. Sie sind nur weniger laut.

Ich höre, bevor ich einschlafe, ein ziemlich leises Chanson von Anne Sylvestre.

Sie singt, dass sie Menschen mag, die zweifeln, die sich keine vorschnellen Urteile erlauben, weil sie wissen, wie widersprüchlich sie selbst zuweilen sind. Menschen, die sich sorgen und ihrem eigenen Herzschlag dabei zuhören, wie er versucht, sich zu beruhigen. Menschen, die zur Hälfte in ihren Schuhen gehen und zur Hälfte daneben.

Zur Hälfte in den Schuhen und zur Hälfte daneben. Mit diesem Zustand kann ich mich anfreunden.

«Hey», sagt Iggy, und ich erkenne ihn erst gar nicht, weil ihm für einen kurzen Moment die Maske verrutscht ist, nur für eine Sekunde, aber ich hab genau gesehen, was dahinter zum Vorschein kommt. Nicht Doppelgold. Nicht Staythefuckathome. Sondern ein ziemlich gewöhnlicher Typ. Hinter der Maske ist vor der Maske.

Ich denke an meine Lieben und daran, dass wir den Weg, der vor uns liegt, weiterhin irgendwie unter die Füsse nehmen werden, mal mit, mal ohne Schuhe. Hauptsache, miteinander.

Jetzt - und nach Corona.

Dank:

An meine Freunde und meine Familie, die mich mit ihren Gedanken, ihrem Mitgefühl und ihrem Humor durch diese seltsame Zeit getragen haben.

An die Facebook- und die Twitter-Community, für euer Mitwirken, für die vielen Inputs und Ideen, mit denen ihr die einzelnen Beiträge bereichert habt!

An Daniel, meinen frischgebackenen Hauslektor.

Und an meinen Mann Claus, Berater in allen Lebenslagen, Fels in der Brandung und besten Freund.

MATULA, HAU MICH RAUS!

MEIN LEBEN VOR UND HINTER DEN KULISSEN
AUFGESCHRIEBEN VON SARAH GÄRTNER

Claus Theo Gärtner
MATULA, HAU MICH RAUS!
Mein Leben vor und hinter den Kulissen
Die Autobiografie
288 Seiten | Gebunden mit Schutzumschlag |
Separate Bildteile
ISBN 978-3-86265-623-3
29,99 EUR (D)

„Selbst wer keinen Sinn für Krimiserien hat, läuft Gefahr, sich von diesem Buch fesseln zu lassen. Sarah Gärtner ist eine erfolgreiche Drehbuchautorin. So wird die persönliche Biografie zum spannenden und lustigen Fall für die Zeitgeschichte."
Tagesspiegel

ELYSIUM

VIER EPISODEN - EIN PROZESS
SARAH GÄRTNER

Sarah Gärtner
ELYSIUM
Vier Episoden - ein Prozess
Das Buch zur Theaterproduktion
396 Seiten | Bedrucktes Hardcover |
Separate Bildteile
ISBN 978-0-46472-881-8
39,99 EUR (D)

„Elysium", die epische Abschlussproduktion der TheaterFalle Basel, in einer hochwertigen Chronik dokumentiert. Dieses 396 Seiten starke Zeitdokument enthält die Textbücher sämtlicher fünf Episoden sowie zahlreiche Grafiken und Szenenfotos. Ein grosses "Making of-Kapitel" rundet dieses Buch ab.

Zeitfracht Medien GmbH
Ferdinand-Jühlke-Straße 7
99095 Erfurt, Deutschland
produktsicherheit@kolibri360.de